악마 벨라시오 1

◆ 지루함의 끝에서 ◆

나는 악마다.
이름은 무의미하다.
대개 인간들은 나를 두려워한다.
그들의 본능이 내 존재를 알아보는 탓이다.

내가 나타나면 공기가 차가워지고,
불길한 기운이 피부를 스치며 그들의 척추를 오싹하게 만든다.
내가 아무리 부드러운 미소를 지어도 소용없다.
내 안에 자리 잡은 끝없는 어둠을 그들은 본능적으로 감지한다.

그들은 나를 '벨라시오'라고 부른다.

내가 그 이름을 직접 말한 적은 없다.

하지만 시간이 흐르며 그 이름은 전설처럼 입에서 입으로 전해졌다.

따라서 사람들은 내가 누구인지 알지 못하면서도,
내가 무엇인지 단번에 알아챘다.
두려움 속에서, 욕망 속에서, 인간들은 나와 만난다.

내 이름은 두 가지 의미를 가진다.
첫째, 나를 두려워하는 자들에게는 지옥의 심판자라는 의미다.
내가 나타나면 그들은 자신의 욕망이 가져올 대가를 직감한다.

둘째, 나를 이용하려는 자들에게는 희망의 이름이다.
욕망에 눈이 먼 자들은 '벨라시오'를 외치며 나를 부른다.

"내게 힘을 주세요."
"내 적들을 무너뜨려 주세요."

"내 갈망을 이뤄 주세요."
나는 그들이 나를 어떻게 부르든 상관하지 않는다.

내게 중요한 건 이름이 아니라, 그 이름을 부르는 자의 속마음이다.
인간들은 이름 하나로 나를 이해했다고 착각하지만,
나는 그들의 예상보다 훨씬 복잡하고 깊다.

나는 그들의 욕망에 손을 내밀고,
그 끝에 그들의 영혼을 손에 넣는다.
이미 수천 명과 계약을 맺어 왔고, 수천 년을 살아왔다.
세상은 변했다지만, 인간들은 본질적으로 변하지 않았다.

탐욕스러운 자들은 더 많은 것을 원하고,
슬픔에 빠진 자들은 잃은 것을 되찾기를 원한다.

복수, 성공, 사랑, 아니면 단순한 생존까지.

욕망의 모양새는 조금씩 달라질지 몰라도,
그 끝은 언제나 허무하리만치 단순했다.
결국 그들의 모든 바람은 나의 손바닥 위에서 춤춘다.

그들이 흘리는 눈물조차 반복된 패턴일 뿐이었다.

난 심심할 때마다 계약자를 찾았다.
나는 그들이 갈망하는 것을 이루게 해 주고, 방법을 속삭여 준다.
단, 갈망이 끝나거나 목표를 이룬 순간, 영혼을 빼앗는다.

하지만 시간이 지날수록 그들의 표정은 비슷해졌다.
그들의 비명이, 그들의 눈물이, 심지어 그들의 갈망조차도.

그리고 이제, 난.
지루하다.

수많은 영혼을 모아도 더는 흥미롭지 않다.
파멸하는 인간들을 관찰해도 예측 가능한 드라마에 불과해졌다.

인간이란 존재는 내게 흥미롭지만, 동시에 지독하게 뻔하다.

또 난 흔히 인간들이 상상하는 것처럼 영혼에 굶주려 있지는 않다.
솔직히 말하면, 이제 내게 영혼은 그다지 필요하지 않다.
한마디로 영혼은 나에게 더 이상 목표가 아니다.

내가 원하는 건 단 하나.
재미다.

새로운 드라마, 예측할 수 없는 이야기,
그리고… 인간이라는 존재가 만들어 내는 또 다른 가능성이다.
그렇기에 나는 심심할 때마다 새로운 계약자를 찾는다.

"에휴. 또 한번 속아 보지. 뭐."
난 그렇게 다짐을 마치고 인간 세계에 들어갔다.

몰락한 귀족 시온 (1)

몰락한 귀족인 시온은 초대받지 않은 손님이었다.

그는 파티 가장자리에 서서 눈에 띄지 않게 주변을 살폈다.

웅장한 샹들리에 아래에서 귀족들은 비단과 보석으로 치장한 채,

와인잔을 들고 웃음꽃을 피우고 있었다.

그러나 시온에게 이들은 낯익은 적들이었다.

자신과 가족을 파멸로 몰아넣은 이들.

하지만 그의 초라한 옷차림은 주변 사람들의 힐끗거리는 시선을 피할 수 없었다.

시온은 입술을 굳게 다물고 마음을 다잡았다.

그때, 파티장의 공기가 바뀌었다.

윤이 나는 검은 머리카락과,
마치 밤하늘의 별처럼 빛나는 깊은 보랏빛 눈동자,
검은색 정장 위로 길게 떨어지는 실크 케이프를 걸쳤고,
금빛 지팡이를 손에 든 벨라시오가 들어왔다.

"누구지?"
"저렇게 매혹적인 사람을 본 적 있나?"
귀족들은 수군거리며 그의 등장에 시선을 고정했다.

벨라시오는 그 모든 시선을 당연하다는 듯이 받아들이며 파티장 한가운데로 걸어 들어갔다.

그는 태연하게 와인을 집어 들고,
주위 사람들에게 은은한 미소를 보였다.

시온도 그에게 시선을 빼앗겼다.
'저런 귀족이 있었나…'

누군지 모르겠지만,
저 사람은 눈길을 끌지 않고서는 못 배기게 만드는 존재였다.

그가 움직일 때마다 파티의 공기가 일렁였고,
내 몸은 마치 얼어붙은 것처럼 멈춰 있었다.
이곳은 이상하게도 숨이 막힐 듯한 정적 속에서 나와 벨라시오만이 존재하는 듯했다.

그의 존재가 점점 내게 가까이 왔다.
그의 몸에서 나는 차가운 기운이 내 피부에 들렸지만,
그 속엔 무언가 알 수 없는 깊고 고통스러운 것이 스며 있었다.

벨라시오의 눈은 한 번도 나를 놓지 않고,
나를 완전히 붙잡고 있는 듯했다.
그는 가까이 다가와 웃으며 말했다.

"너가 원하는 걸 이루게 해 주지."

벨라시오의 목소리가 내 귀를 스쳤다.
그의 말은 나를 조종하는 듯한 음침한 힘을 담고 있었다.

"네…?"
"너가 원하는 게 무엇이든 내가 줄 수 있어."

내 심장은 터질 듯 뛰었고,
나는 그의 말에 무심코 고개를 끄덕였다.

"내가 원하는 건 단 하나야. 내가 잃었던 모든 것들, 잃어버린 명예와 권력, 그리고 돈… 그것들을 되찾고 싶어."
그는 피식 웃으며 대답했다.

"그러면, 시작해 보자. 내가 네게 모든 것을 주지. 하지만 대가를 치러야 할 시간이 올 것이다."

인간은 기회를 놓치지 않아.
그게 설령 악마가 내미는 손이라 할지라도.
나는 침묵 속에서 뻗은 그의 손을 잡았다.

나는 그렇게 얼떨결에 '악마'와 계약을 맺었다.

그 순간, 머리가 갑자기 온통 밝은 빛으로 물들기 시작했다.
머리 속에서 뜨겁고 날카로운 아이디어들이 한꺼번에 떠오르며,
마치 내가 벨라시오에게 전달받은 무언가가 내 사고방식을 완전히 바꿔 놓은 듯했다.

무엇을 해야 하는지, 어떻게 해야 하는지,
모든 게 명확했다.

화려한 샹들리에 아래서 웃고 떠드는 무리들이 갑자기 하찮아 보였다.
이 자리에 더 있을 이유는 없었다.

"이런 곳에서 시간을 낭비할 때가 아니야."

나는 아무에게도 인사하지 않고 조용히 자리를 떴다.

곧장 집으로 돌아가, 머리를 굴렸다.

'음… 단순 상류층이 되기 위한 것이 아니라… 더 큰 목표가 필요하다.'

나는 속으로 생각하며, 내 계획이 현실로 다가오는 느낌을 받았다. 벨라시오와의 계약이 나에게 힘을 줄 것이라는 것을 직감했다.

내 아이디어는 단순히 소규모 사업이나 거래에 그치지 않았다.
마치 머리에서 계속 내가 생각을 할 때마다 더 좋은 방향과 조언을 속삭여 주는 듯했다.

'속삭임'
너무도 편리했다.

순간 머리가 번뜩이며 나를 몰락시킨 귀족 아벤 가문의 후계자 '도윤'이 떠올랐다.

그는 겉으로는 명예로운 귀족처럼 보였지만,
그의 내면에는 탐욕과 부패가 가득했다.

그는 정치인들과 손을 잡고, 비밀리에 마약 밀매 사업을 하고 있으며,
내가 직접 그 밀매망을 확장하고 참여하기 위해 나의 가문과 가까운 정치인을 소개해 주었던 것이다.

그때는 내가 그의 신뢰를 얻고 있었고,
그와 함께 큰 계획을 세운다고 믿었다.

하지만 모든 것이 배신으로 끝났다.

그가 마약 밀매와 불법 거래를 통해 점점 더 돈과 권력의 중심에 가까워졌을 때,
그와 정치인은 나를 버렸다.
그렇게 나는 모든 것을 잃었다.

나를 향한 그들의 배신은 나를,

그리고 우리 가문을 완전히 몰락시켰다

나는 도윤이 내게 했던 약속들을 하나씩 떠올리며,
그가 놓친 중요한 실수들을 다시 살펴봤다.
내가 그들에게 우리 가문과 친한 정치인을 소개했을 때,
그들이 했던 이야기를 기억해 보았다.
도윤은 정치인에게 마약을 들여와 대 주겠다 하였고,
정치인은 마약을 비싼 값에 암시장에 판매하겠다고
하였었다.

'…'

난 그렇게 뜬눈으로 밤을 지새워 그들의 실수와 이야기를 되짚어 보며 복수할 계획을 세웠다.

그후 나는 며칠 동안 도윤과 정치인의 동향을 조용히 쫓았다.
귀족들 사이에서 퍼지는 소문은 내게 유용한 단서가 되었고,

몇몇 하급 관리들에게 뇌물을 건네는 것도 효과가 있었다.

"도윤이 최근 어떤 사업을 시작했는지 알아?"
나는 낡은 주점 구석에서 사치스러운 옷을 입은 하인에게 물었다.
그는 주위를 두리번거리며 작게 속삭였다.

"도윤 가문이… 무역 사업을 가장한 거래를 하고 있다는 얘기가 들리긴 합니다. 그런데 그게 뭔지는… 확실히는 모르겠습니다."

내가 금화 한 닢을 테이블에 놓자,
그는 손을 뻗어 금화를 챙기고 나서야 입을 열었다.

"항구 쪽 창고에서 뭔가 숨겨 두고 있다는 소문도 있습니다. 밤마다 물건들이 들어오고 나가곤 하죠. 하지만 일반 무역품은 아닌 것 같습니다."

항구 창고.
중요한 단서였다.
나는 그곳이 도윤의 마약 밀매망의 핵심이라고 직감했다.

그날 밤, 나는 검은 망토를 걸치고 항구로 향했다.
달빛이 창고들 사이를 은은하게 비추고 있었지만,
그늘 속에서 나는 충분히 눈에 띄지 않을 수 있었다.

창고 주변에는 경비병들이 서성이고 있었고,
멀리서도 그들이 무장하고 있다는 것을 알 수 있었다.

'경비가 이 정도라니. 여기에 무언가 아주 중요한 게 숨겨져 있는 게 틀림없군.'

나는 조용히 창고 뒤편으로 이동하며 틈을 찾았다.
그리고 운이 좋게도, 창고 옆의 좁은 창문이 살짝 열려 있는 것을 발견했다.
나는 재빠르게 창문을 열고 안으로 몸을 밀어 넣었다.

창고 내부는 생각보다 조용했다.
그곳에는 나무 상자들이 차곡차곡 쌓여 있었고,
상자 몇 개에는 이상한 도장이 찍혀 있었다.

'도윤 가문의 문장…'

또 봉지들에 붙은 라벨에는 암호 같은 글씨가 적혀 있었다.
나는 이 문구를 본 적이 있었다.
바로 몇 년 전 도윤이 나와 함께 일할 때 본 거래 문서에 쓰여 있던 암호였다.

'이건 단순히 무역품이 아니야. 이건… 확실히 마약이야.'

상자를 열자, 아니나 다를까 안에서 봉지에 쌓인 마약들이 튀어 나왔다.

나는 주머니에서 조용히 휴대폰을 꺼냈다.
손이 약간 떨렸지만, 여기서 촬영한 모든 것이 결정적

인 증거가 될 것만 같았다.

　휴대폰 카메라를 켜자 어두운 창고 내부가 화면에 선명히 잡혔다. 나는 먼저 창고 내부를 천천히 훑으며 영상으로 남기기 시작했다.

　"…이곳은 도윤 가문이 관리하는 창고다. 상자에 새겨진 문장은 그의 가문의 상징입니다."

　그리고 나서 상자에 붙어 있는 라벨을 클로즈업했다.
　"라벨에 적힌 암호는 몇 년 전 도윤과 함께 거래 문서를 작성할 때 사용되던 것입니다. 이 문구가 무엇을 의미하는지 나는 정확히 알고 있습니다."
　나는 손으로 상자를 열어 그 안을 비추었다.
　작은 봉지들이 촘촘히 쌓여 있었다.

　카메라 렌즈가 마약 봉지에 적힌 도장을 잡아 내는 순간, 내 심장은 더 빠르게 뛰기 시작했다.

"이건 마약이 확실합니다.."

나는 봉지 하나를 조심스럽게 꺼내어 카메라에 가까이 비춘 후 동영상 촬영을 중단했다.

"이 정도면 완벽해."

나는 속으로 중얼거리며 마지막으로 마약 봉지 사진 한 장을 더 찍었다.

그다음, 봉지 하나를 조심스럽게 손에 쥐었다.
단순히 촬영만으로는 부족했다.
물리적인 증거가 있어야 도윤을 완전히 몰락시킬 수 있을 것이다.

나는 창고 안을 다시 한번 둘러보며 나머지 흔적을 정리했다.
열어 둔 상자는 원래대로 닫고, 내가 지나온 흔적을 최대한 남기지 않도록 주의했다.

봉지를 품에 꼭 쥔 채 나는 항구의 골목길을 따라 빠르게 걸었다.

이 증거는 나에게도,
도윤에게도 가장 중요한 열쇠가 될 것이다.

"이제, 다음 단계로 가야 할 때야."

나는 밤 안개 속으로 몸을 숨기며 결의를 다졌다.

돌아가는 길, 나는 웃음을 참을 수 없었다.
이제 모든 준비물이 내 손에 있었다.
도윤이 지키고자 했던 비밀은 이제 나의 무기가 되었다.

'후훗…'

몰락한 귀족 시온 (2)

나는 창고에서 가져온 마약 봉지를 품에 꼭 쥔 채,
밤 안개를 뚫고 조심스럽게 집으로 돌아왔다.
내 머릿속은 이미 다음 단계의 계획으로 가득 차 있었다.

문을 열고 들어서자,
싸늘한 공기가 나를 반겼다.
'이상하군. 창문을 분명히 닫아 두었는데…'

순간, 등 뒤로 섬뜩한 기운이 스치며 목덜미가 서늘해졌다.

"돌아왔군, 시온."

낯익은 목소리가 방안을 울렸다.
나는 급히 몸을 돌렸다.
그곳엔 벨라시오가 서 있었다.

검은 정장과 실크 케이프는 어둠 속에서도 윤이 났고,
그의 보랏빛 눈동자는 내가 손에 든 봉지를 뚫어져라 바라보고 있었다.
그는 마치 오래전부터 이곳에 있었던 것처럼 태연하고 우아했다.

"너… 여긴 어떻게…"
나는 당황한 얼굴로 그를 쳐다보았다.

벨라시오는 미소를 지으며 한 걸음 다가왔다.
그의 존재감이 방 전체를 뒤덮는 듯한 느낌이 들었다.

"너와 계약을 맺었을 때부터, 나는 언제든 네가 있는 곳에 나타날 수 있다. 설마 계약을 잊은 건 아니겠지?"
나는 그의 말에 숨이 턱 막혔다.

"그래, 증거는 확보했군."
벨라시오는 내 손에 든 봉지를 가리키며 말했다.

나는 조용히 고개를 끄덕였다.
"이제 도윤을 몰락시킬 수 있는 열쇠가 생겼어. 이걸로 충분해."

그는 낮게 웃으며 고개를 저었다.
"충분하다고? 착각하지 마라, 시온. 인간 세상에서 누군가를 무너뜨리는 것은 단순히 증거로 끝나지 않는다. 네가 원하는 것은 단순한 복수가 아닌, 그의 완전한 파멸이 아니었던가?"

그의 말에 나는 무언의 침묵으로 답했다.

벨라시오는 내 표정을 살피더니 한 발짝 더 다가왔다.
"너는 그저 발걸음을 뗐을 뿐이다. 이제 나는 너에게 더 강력한 방법과 힘을 알려 줄 것이다. 물론, 그 대가도 점점 커지겠지만 말이다."

나는 그의 깊고 어두운 눈동자를 바라보며 질문을 던졌다.
"그 대가란… 대체 뭐지? 넌 그걸 아직 말하지 않았잖아."

그의 미소가 더 깊어졌다.
"걱정하지 마라. 지금은 네 복수에 집중하면 된다. 대가는… 네가 모든 것을 이룬 후에나 알게 될 것이다."
그의 말은 차갑고도 단호했다.

나는 이 악마의 말을 의심하면서도,
벨라시오의 계획을 따라야만 한다는 것을 본능적으로 느꼈다.

"알겠어. 방법을 알려 줘."
내가 입술을 깨물며 말했다.

벨라시오는 만족스러운 미소를 지으며 내 주위를 천천히 걸었다. 그의 존재가 내 신경을 날카롭게 자극하며 방 안을 가득 채웠다.

"좋다. 시온, 기억해라. 복수는 네가 잃었던 모든 것을 되찾는 과정이자, 그가 배신하지 않았다면 네가 얻었어야 할 모든 것을 얻어야 하는 것이다."

'하긴… 정치인과 도윤이 배신하지 않았다면 나는 지금 막대한 수익을 얻고 있었을 거야.'

그는 내 손에 있는 봉지를 흘깃 보더니 고개를 끄덕이며 말을 이었다.
"증거는 중요하다. 하지만 그보다 더 중요한 건, 그 증거를 어떻게 사용하는지다. 도윤 같은 자들은 그들의 비밀이 드러날까 두려워하지. 그러니 그 두려움을 이용해라."
나는 그의 말을 듣고 눈을 좁혔다.
"그게 무슨 뜻이지?"
벨라시오는 금빛 지팡이를 손끝으로 빙글빙글 돌리며 말을 이었다.

"전화해라."

그의 목소리는 단호하고도 무게감 있었다.
"전화해서 어떻게 하라고?"
"그냥 전화해서 네가 가진 증거를 이야기해. 그리고 도윤이 지키고 싶은 걸 이용해 협박하면 된다."

나는 그의 말을 듣고 어리둥절한 표정을 지었다.
"단순히 그걸로 협박이 통할까? 그는 권력도 많고, 돈도 많은 자야. 내 말을 믿지 않을 수도 있어."

벨라시오는 천천히 고개를 저으며 비웃는 듯한 미소를 지었다.
"시온, 내가 이미 너에게 준 것을 잊지 마라. 너는 이제 사람을 두렵게 할 목소리와 말솜씨를 가지고 있다. 그가 네 말을 듣지 않을 가능성은 없다."

그의 말에 나는 최근 일들을 떠올렸다.

벨라시오와 계약을 맺은 이후,
 내 말은 묘하게 날카롭고 상대의 심장을 꿰뚫는 듯한 힘이 생겼다. 상대방이 나의 단어 하나하나에 긴장하는 모습이 눈에 보였던 최근의 경험들이 떠올랐다.

 "그렇게 무엇을 요구해야 하지?"
 내가 조용히 물었다.

 "당연히 돈이다, 증거 인멸에 대한 돈을 요구해라. 그리고 네가 원하는 만큼 돈을 받으면 그다음은 간단하다. 실제로 증거는 인멸하지 않고 계속 협박해라."

 나는 그의 말을 들으며 머릿속으로 빠르게 계획을 정리했다.
 "그럼 처음엔 적당한 액수를 요구하고, 이후 더 큰 걸 노리라는 거지."

 벨라시오는 천천히 고개를 끄덕였다.
 "정확히 이해했군. 하지만 액수가 '적당한' 선을 넘어야 한다. 그가 큰 손해를 감수하더라도 당장 지불할 만큼의 금액이어야 한다. 그래야 네가 진지하다는 걸 알게 되고, 너를 단순한 협박자가 아닌 치명적인 존재로 여길 것이다."

　나는 그의 말에 따라 구체적인 금액과 방법을 떠올렸다.
　도윤이 가진 자산과 그가 손해를 감수하면서까지 숨기고 싶은 비밀의 가치를 계산했다.

"그래. 그럼 난 그에게 전화를 걸어서 증거를 언급하고, 조건을 제시할게. 하지만… 어떻게 내가 진짜라고 믿게 만들지?"
　벨라시오는 작은 웃음을 터트리며 말했다.

"네가 가진 증거 일부를 공개하는 거다. 하지만 핵심은 주지 마라. 예를 들어 너가 마지막에 찍은 사진 한 장을 공개하고 네가 더 많은 증거를 가지고 있다고 말해라. 그러면 그는 네가 허풍을 떠는 게 아니라는 걸 알게 될 것이다."

나는 그의 말을 듣고 입꼬리를 살짝 올렸다.
"좋아. 그렇게 하면 되겠군. 그는 당장 내가 가진 걸 없애고 싶어 할 거야."

벨라시오는 내 얼굴을 유심히 바라보더니,
흥미롭다는 듯 고개를 기울였다.

"시온, 네가 점점 악마답게 변해 가는구나. 아주 보기 좋다."

그의 말에 나는 잠시 멈칫했지만, 이내 마음을 다잡았다.

'후-'
나는 깊은 숨을 내쉬며 주위를 살폈다.

숨 막히는 정적 속에서 벨라시오의 마지막 말이 머릿

속을 맴돌았다.

주머니에서 휴대폰을 꺼내 드는 손이 떨렸다.

이건 단순한 전화가 아니었다.

이 전화 한 통이 내 삶의 방향을 완전히 바꿀 것이었다.

복수일 수도, 파멸일 수도 있었다.

난 그렇게 휴대폰 전화번호부를 열어 도윤의 번호를 찾아,

그에게 전화를 걸었다.

기나긴 신호음이 울리는 동안 나는 고요 속에서 점점 밀려오는 긴장감을 견뎌야 했다.

전화벨이 울릴 때마다 그의 얼굴이 머릿속에 떠올랐다.

당황하는 표정, 분노에 찬 목소리, 그리고 결국 굴복하는 모습까지.

갑작스럽게 전화기 너머에서 목소리가 들려왔다.

"누구십니까?"

몰락한 귀족 시온 (3)

기억 나는 목소리였다.
확실히 도윤이었다.
난 놀란 마음을 가다듬으며 말했다.

"잘 지냈어?"

내 말에 잠시 정적이 흘렀다.
도윤의 목소리가 다시 들려왔다.
"설마… 시온이야?"
나는 입꼬리를 올리며 천천히 대답했다.

"응. 잘 지냈어? 저녁 한번 먹자."
"으…응… 무슨 일이야?"

"그렇게 놀라지 마. 사실 간단한 부탁이 있어서 전화했거든."

"부탁? 무슨 부탁?"

도윤의 목소리는 점점 경계심으로 가득 찼다.

나는 의자에 편히 기대며 차분히 말했다.

"금화 천 닢을 내게 줘. 그럼 넌 아주 평온할 거야."

잠시 정적이 흘렀다.

"뭐라고? 약 처먹었어?"

그가 소리치며 말했다.

하기야 금화 천 닢은 집을 무려 다섯 채를 살 수 있는 돈이다.

그걸 갑자기 달라니 놀랄 수밖에.

"좋은 말로 할 때 주는 게 어때?"

'와.'

내 말의 무게감과 협박 실력에 실로 감탄했다.

"그게 무슨 개소리야? 나 바쁘니까 끊자."
그의 목소리엔 확실히 당황함이 묻어 있었다.

"나 사실 항구 창고에 가 봤어."
순간 그의 숨소리가 끊겼다.

나는 그 침묵을 즐기며 말을 이어 갔다.
"그냥… 좋은 말로 할 때 주는 게 어때?"

"너… 지금 협박하는 거야?"
그는 떨리는 목소리로 말했다.

"협박? 푸흡… 난 너한테 기회를 주고 있어…"
그의 숨소리가 끊어졌다.
내가 그를 밀어붙이고 있다는 사실을 실감하며 기다렸다.

오래도록 정적이 흘러 내가 말을 이어 갔다.
"'산호수 공원'이라고 알지? 그곳 빨간색 벤치에 금화 천 냎을 한 시간 안에 두고 가. 내가 지켜보고 있을 거니까 허튼 짓은 하지 말고."

"너… 정말 끝까지 이럴 거야? 그걸 주면 다 끝나는 거야?"
"물론."
내가 확신에 찬 목소리로 말했다.

"내가 제시하는 방법이 안전하고, 빠르게 다 끝낼 방법이야. 그게 네가 원하는 거겠지?"

그의 숨소리가 들리면서 한숨을 쉬었다.
"알았어, 알았어. 그렇게 할게."
내가 깊게 숨을 들이쉬며 말했다.
"그래."

한 시간이 지나고, 나는 산호수 공원 앞에 도착했다.

공원 앞은 조용했고, 인기척이 전혀 없었다.
금화 천 닢을 기다리는 기분에 나의 심장이 약간 뛰었다.

마침 주변에 한 할머니가 조용히 걸어가고 있었다.
나는 살짝 다가가 말을 걸었다.

"할머니, 안녕하세요. 부탁 좀 드려도 될까요? 사례는 금화 한 닢입니다."

"어이구, 어떤 부탁?"
할머니는 기쁜 표정을 지으며 물었다.

"공원에 있는 빨간 벤치 아시죠? 거기 가방이 하나 놓여 있어요. 그 가방을 대신 가져다주실 수 있을까요?"
내가 급히 말하며 부탁했다.

할머니는 한 치의 고민도 없이 대답했다.
"알았다. 내가 가져다줄게."
할머니는 대답이 끝나기 무섭게 빨간 벤치로 향했다.

나는 풀숲에 숨어 그녀를 기다렸다.

이제 할머니가 가방을 가져다줄 때까지 기다리면, 모든 일이 순조롭게 진행될 것이다.

할머니는 아무런 의심 없이 커다란 가방을 들고 왔다.

나는 풀숲에 숨은 채로 그 모습을 지켜보며 시간이 흐르는 걸 기다렸다.

한참이 지나도 공원엔 아무도 다가오지 않았다.

약 오분이 더 지나고, 할머니 주변에는 여전히 아무런 기척도 없었다.

나는 살짝 할머니에게 다가갔다.

"고마워요, 할머니."

나는 의례적인 미소를 지으며 말했다.

"응. 이제 금화 한 닢을 줘."

할머니가 뿌듯한 표정으로 가방을 주며 말했다.

난 가방을 안 보이게 열어 손을 뻗은 후, 금화 한 닢을 꺼내어 할머니에게 건네주었다. 금화가 없을 거라고는 전혀 의심치 않았다.

"여기요. 금화 한 닢."

할머니는 고개를 숙이고 흐뭇한 미소로 금화를 받아 발길을 돌렸다. 할머니가 멀어지는 뒷모습을 보며 나는 입꼬리를 올리며 비웃었다.
'안에 금화 천 닢이 들었을 줄은 꿈에도 몰랐겠지? 멍청한 할머니 같으니라고…'

나는 가방을 들고 한적한 길로 빠져나갔다.

가방을 열었을 때, 그 속엔 역시나 수많은 금화가 반짝이며 나를 맞이했다.
거기엔 내가 요구했던 금화 천 닢이 고스란히 들어 있었다.
황금빛이 눈부시게 빛났다.

그걸 본 순간, 내 가슴속에서 뿌듯함이 밀려왔다.

"이렇게 쉽다니…"

그동안 돈이 없어 고생했던 기억들이 밀려왔다.
하지만 내 고생은 거리의 거지들과는 달랐다.
나는 몰락한 귀족이었다.
겉으론 위풍당당해야 했고, 체면은 반드시 지켜야 했다.
낡은 외투를 세탁소에 맡기지도 못한 채 꿰매 입던 날들이 있었다.
궁색한 현실 속에서도 사람들 앞에선 웃어야 했고,
고개는 절대 숙이지 않았다.

그래서 더 괴로웠고, 더 지독했다.
그런 내가, 지금은 금화 한 움큼을 쥐고 있다.
뿌듯한 미소가 저절로 피어올랐다.

'정말… 악마의 힘… 대단하군.'

몰락한 귀족 시온 (4)

　금화 천 닢이라는 엄청난 무게를 지니고도,
　내 발걸음은 마치 공중에 떠 있는 듯했다.

　집에 도착하자마자 가방을 침대 위에 던져 두고 옷을 벗었다.
　침대에 몸을 던지며 한숨을 내쉬었지만,
　동시에 주머니 속 진동이 느껴졌다.

　휴대폰 화면을 확인하니, 예상했던 이름이 떠올랐다.

　'도윤.'

　통화 기록이 이미 세 통째였다.

나는 화면을 응시하며 미소를 지었다.
'지금쯤 얼마나 초조할까? 낄낄…'

다시 진동이 울렸다.
이번에도 그의 전화였다.

나는 전화를 받는 대신 알림음을 끄고,
휴대폰을 뒤집어 침대 위에 던져 놨다.

'조금 더 기다리게 두는 것도 나쁘지 않지.'

난 침대에 누워 두 팔을 머리 뒤로 베고 천장을 바라보며 웃었다.
도윤의 초조함을 상상하는 것만으로도 행복했다.

잠시 후 또다시 진동이 울렸지만, 나는 신경 쓰지 않았다.
알림음은 곧 멈췄고, 방 안에는 고요가 찾아왔다.
눈을 감으며 마음속으로 중얼거렸다.

'꼴 좋다. 그러게 감히 왜 날 건드려. 낄낄…'
몇 분 뒤, 나는 모든 전화와 걱정을 잊은 채 달콤한 잠에 빠져들었다.

아침 햇살이 창문을 통해 방 안으로 스며들었다.
눈꺼풀이 무겁게 떠지면서 나는 천천히 몸을 일으켰다.
아직 어리둥절한 상태로 침대 옆 테이블에 놓인 휴대폰을 집어 들었다.
화면을 켜자마자 내 얼굴에 미소가 번졌다.

부재중 전화 40통.
그리고 전부 도윤이었다.

나는 화면을 스르르 넘기며 그의 이름이 줄지어 있는 부재중 전화 목록을 바라보았다.
마치 가상의 예술 작품이라도 보는 기분이었다.

"푸훗…"
웃음을 참을 수 없었다.

그는 밤새 잠도 못 자고 초조하게 내게 전화한 모양이다.
마치 이 전화기 속에 그의 절박함이 담겨 있는 듯 했다.

나는 한 손으로 입을 가리며 속으로 웃음을 삼키려 애썼지만,
결국 꺼내 든 휴대폰을 침대 위로 던지고 이불 속에서 몸을 굴리며 크게 웃고 말았다.

"40통이라니… 진짜 열심히 살았구나, 도윤."
한참 웃고 나니 배까지 아플 지경이었다.

정신을 겨우 차리고,
나는 침대 가장자리에 걸터앉아 다시 휴대폰을 집어 들었다.

나는 부재중 전화 화면을 한 번 더 확인하며 조용히 웃었다.
'좋아, 도윤. 오늘 하루 더 놀아 줄게.'

그러고는 휴대폰을 덮고, 기분 좋게 아침을 준비하기 위해 부엌으로 향했다.

아침을 간단히 먹고 나니, 마음속에 깊게 자리 잡은 계획의 열기가 다시 피어올랐다.

도윤.
이제 그의 숨통을 더더욱 조이기 위한 준비를 시작할 때였다.
나는 식탁에 앉아 테이블 위에 펜과 종이를 꺼냈다.
손가락 끝에서 펜이 놀아나며 복잡한 계획들이 하나둘 종이에 그려졌다.

"좋아. 그가 가진 모든 것을 망가뜨리는 거야."
나는 낮은 목소리로 중얼거렸다.

현재 내게 필요한 돈은 대략 금화 삼천 닢.
그 돈은 단순한 금액 이상의 의미를 지니고 있었다.

삼천 닢은 도윤의 배신으로 무너져 내린 내 과거이자,
나를 다시 일으켜 세울 미래의 초석이었다.

또 도윤이 배신하지 않고, 내 가문을 망치지 않았다면,
지금쯤 나는 이 금화 삼천 닢쯤은 손쉽게 벌 수 있었을 것이다.
아니, 그보다 훨씬 더 많은 부를 쌓아 올렸을지도 모른다.

나는 종이에 '목표: 금화 삼천 닢'이라고 큼지막하게 적어 넣었다.

일주일 후, 나는 몇몇 신뢰할 만한 기자들을 비밀스럽게 불렀다.
그들은 이미 파산한 가문의 가문주인 나를 반갑게 여기지는 않았다.
또 나의 갑작스러운 연락에 당황했지만,
나의 인상 깊은 말솜씨에 넘어간 모양이다.

난 단지, 이렇게 말했을 뿐인데 말이다.

"망한 가문의 말은 힘이 없다고 생각하겠지만, 제가 제보할 특종은 당신을 당분간 역사의 한 페이지에 남길 거예요."

그렇게 두 명의 기자가 집에 왔다.

그들은 역시나 의심스러운 눈초리로 날 바라보았다.

내가 그들에게 제시한 자료를 보자 그들의 표정은 금세 달라졌다.

탁자 위에 나는 창고에서 훔쳐 온 마약 봉지,

봉지에 붙은 도윤 가문의 문장 사진,

그리고 내가 촬영한 창고 사진들을 하나씩 꺼내어 보여 주었다.

"이건… 엄청난 스캔들이 될 겁니다."

한 기자가 흥분된 목소리로 말했다.

나는 그들을 향해 침착한 목소리로 말했다.

"내가 원하는 건 간단해요. 이 내용을 내일 뉴스로 송출해 주세요."

다른 기자가 신중하게 물었다.
"이 정도면 도윤뿐 아니라 그와 연루된 다른 사람들까지 큰 타격을 입을 겁니다. 확실한 거죠?"

나는 고개를 끄덕이며 확신에 찬 목소리로 답했다.
"확실해요. 이 자료들은 모두 진짜고, 그들의 죄를 증명하기에 충분해요. 다만… 반드시 내일 아침 뉴스에서 다뤄 주세요. 타이밍이 중요하거든요."

기자들은 서로를 바라보며 잠시 침묵하더니,
마침내 고개를 끄덕였다.
"알겠습니다."

그들은 대답을 하곤 증거물을 확인하며 촬영도 하고 분주하게 움직였다.

기자들이 분주하게 증거물을 챙기며 움직이는 가운데, 나는 한 명의 기자에게 손을 들며 말했다.

"잠깐, 당신은 먼저 가세요. 이 기자님은 조금 더 얘기할 게 있어요."

그 기자는 의아한 표정으로 고개를 끄덕였고,
나는 그가 나가기를 기다렸다.

마침내 그가 마약 봉지에 든 마약을 절반 챙기고는 밖으로 나가자,
나는 남은 기자에게 고개를 기울이며 속삭였다.

"사실, 녹음 파일이 하나 있어요. 도윤과의 통화 내용을 모두 담은 파일입니다."

"어떤 내용이죠?"
기자는 흥미롭다는 듯 물어보았다.

"그의 혐의를 100% 입증할 만한 대화이고, 그가 혐의를 인정하는 내용까지 고스란히 담겨 있습니다."

"그 파일도 저에게 주실 건가요?"

나는 고개를 젓고 천천히 미소를 지었다.
"네, 다만 당신에게 조건을 걸고 드리겠습니다."

그 기자는 긴장된 목소리로 물었다.
"대체… 무슨 조건이죠?"

나는 눈을 가늘게 뜨며 말했다.
"금화 오백 닢을 내게 주면, 그 파일을 당신에게 독점적으로 넘겨주죠. 그리고 그 파일을 단독 보도 하시면 됩니다."
기자의 얼굴에 당황과 탐욕이 뒤섞인 표정이 차올랐다.

"생각해 보세요. 단독 보도로 얻을 수 있는 명성과 금전적 이익을 말입니다. 관심이 없으시다면 관두시죠. 아까 그 기자 분을 데려오겠습니다."
기자의 얼굴이 복잡하게 변했다.
욕망과 계산이 얽힌 눈빛이 나를 가로질렀다.

나는 그의 침묵을 즐기며 미소를 지었다.

"금화 오백 닢이라… 상당한 금액인데, 돈을 드리면 확실히 넘겨주는 거죠?"

"확실히. 단, 당신에게만 이 기회를 드리겠다는 거 잊지 마세요."
나는 천천히 고개를 끄덕이며 말했다.

그 기자는 잠시 생각에 잠기더니, 결국 입을 열었다.
"알겠습니다. 금화 오백 닢을 준비해 올게요."

그 기자는 대답을 하곤 급히 자리에서 일어나 나갔다.
나는 그를 보내며, 내 손에 들어올 금화들을 떠올리며 만족스러운 미소를 지었다.

몰락한 귀족 시온 (5)

얼마나 지났을까…
기자는 다시 돌아와 주변을 두리번거리며 조심스럽게 내 앞에 앉았다.

"가져오셨나요?"
내가 미소를 지으며 물었다.

그는 가방에서 무언가를 꺼내더니 내 앞에 작은 주머니를 올려놓았다.
"여기 있습니다. 금화 500닢입니다. 확인해 보세요."

나는 고개를 끄덕이며 주머니를 열어 들여다보았다.
반짝이는 금화가 빽빽히 들어 있었다.

손으로 몇 개를 집어 무게를 확인한 뒤,
만족스러운 미소를 지었다.

"이제 파일을 보내 드리죠."
난 휴대폰을 조작해 녹음 파일을 첨부하고,
그의 이메일로 전송 버튼을 눌렀다.

"확인해 보세요. 이메일에 도착했을 겁니다."
그는 급히 자신의 휴대폰을 꺼내 메일함을 확인했다.

그는 휴대폰에 귀를 가까이 대어 녹음 내용을 듣더니
안도한 듯 고개를 끄덕이며 말했다.
"확실하군요. 이 녹음이 정말 폭발력을 가질 겁니다.
내일 아침이라고 하셨죠? 확실하게 특종으로 만들겠습
니다."
그는 파일을 몇 번 더 확인한 뒤, 자리에서 일어났다.

나는 그가 떠나는 모습을 보며 만족스럽게 웃었다.

'음… 이제 다음 계획으로 가야지.'
나는 휴대폰을 꺼내 아까 먼저 보낸 기자의 번호를 눌렀다.

그가 다급한 목소리로 전화를 받았다.
"예, 무슨 일이시죠?"
나는 능청스럽게 웃으며 말했다.

"아까 일이 떠올라서 그런데, 잠깐 다시 볼 수 있을까요? 중요한 얘기가 있어서 그래요."

그는 잠시 망설이다가 대답했다.

"알겠습니다. 어디로 가면 될까요?"

나는 약속 장소를 정하고 전화를 끊었다.
얼마 지나지 않아,
그는 약간 의아한 표정으로 다시 내 집에 나타났다.

"네, 무슨 일이시죠?"
그가 묻자, 나는 가벼운 웃음으로 대답했다.

"사실 증거 자료로 쓸 만한 녹음 파일이 하나 더 있는데요. 이건 기자님 독점으로 터뜨리게 해 드리겠습니다."

"네? 어떤 증거 자료죠?"
그가 놀라며 물었다.

"도윤과의 통화 녹음 파일입니다."
"어떤 내용이죠?"

"그가 혐의를 인정하는 내용입니다. 더더욱 확실한 특종으로 만드실 수 있을 겁니다."

그는 잠시 입을 다물고 깊은 고민에 빠진 듯 보였다.
"그런 중요한 자료를 왜 이제야 말씀하시는 겁니까?"

나는 미소를 지으며 어깨를 으쓱했다.

"기회는 항상 공짜로 주어지는 게 아니죠. 또한 기자님이 아까 그 기자 분보다 더욱 잘 만들어 주실 것 같아서요."

그는 의심스러운 눈빛으로 나를 쳐다보았다.

"공짜라니? 무슨 말씀이시죠?"

"금화 오백 닢에 이 녹음 자료를 독점 보도로 판매하겠습니다."

그의 얼굴에 당혹감이 서렸다.
"오백 닢이라고요? 그건… 너무 큰 금액 아닌가요?"

"도윤의 몰락을 확실히 보도할 수 있는 자료입니다. 이걸로 얻을 명성이나 보상을 생각해 보세요. 기자님에게는 충분히 가치 있는 투자일 겁니다."

그는 잠시 고개를 숙이고 뭔가를 고민하는 듯하더니, 이내 단호한 목소리로 입을 열었다.

"저기… 시온 씨. 이런 식으로 돈을 요구하시는 건 좀 아닌 것 같습니다. 언론의 본질은 진실을 알리는 데 있습니다. 금전적 거래로 진실이 좌우된다면 그건 도의적으로 어긋납니다."

순간 헛웃음이 나왔다.

나는 소파 등받이에 기대며, 그를 똑바로 바라보며 말했다.
"좋은 말씀 고마워요. 근데 기자님, 정의가 밥 먹여 줍니까? 현실은 그렇지 않아요. 이 녹음 파일로 기자님이 얻을 명성을 생각해 보세요."

그는 고개를 저으며 단호하게 대답했다.
"아무리 귀중한 자료라 해도, 돈으로 거래하는 건 옳지 않습니다. 전 정의를 위해 이 일을 하고 있습니다. 그래서 돈을 주고 이런 자료를 살 생각은 없습니다."

'정말… 생각하는 거 하고는… 쯧…'

그가 단호한 태도로 자리에서 일어서려 하자,
나는 말을 덧붙였다.
"그럼 당신이 아까 챙긴 증거들 다 내놓고 가세요."

그는 발걸음을 멈추며 뒤돌아섰다.
"뭐라고요? 지금 무슨 말씀을 하시는 겁니까?"

나는 자리에서 벌떡 일어나며 그를 노려보았다.
"제가 드린 증거물들이요. 당장 내놓으세요."

그는 잠시 말을 잇지 못한 채 당황한 표정을 지었다.
"정말 너무하시네요. 제가 가져간 증거들은 진실을 밝히고, 정의를 위한 것이 아니신가요?"

나는 그를 비꼬며 쏘아붙였다.
"정의? 그렇게 정의 좋아하면 내가 얻은 증거들 공짜로 챙겨 가려는 당신 태도부터 돌아보세요."

그는 한참 고민하더니 물었다.

"하… 알겠습니다. 다시 가져다 드리겠습니다."

예상치 못한 대답이었다.
한참 정적이 흘렀다.
'이 기자에게 돈을 뜯는 건 포기해야 하나…?'

그 순간,
귀에 익숙한 목소리가 속삭이듯 내 머릿속에 울려 퍼졌다.

"그를 타락시키자. 잠시 내가 맡지."
벨라시오였다.

나는 순간적으로 몸이 얼어붙었다.
그 목소리가 내 머릿속에서 점점 더 또렷해지며 속삭였고,
내 의식이 잠깐 흔들렸다.

'맡다니… 뭘…?'

내 몸 속에서 마치 무언가가 스며드는 느낌이 들었다.
그것은 내가 아닌, 다른 존재의 존재감이었다.
벨라시오가 내 의식을 잠식하는 순간이었다.

내 의식이 서서히 멀어지고,
벨라시오의 차갑고 계산적인 사고가 내 안을 채우기 시작했다.

나로 빙의한 벨라시오는 나가려는 그를 붙잡고 다시 한번 말을 덧붙였다.
"솔직히 말해서, 기자님. 이 증거들, 제가 얼마나 고생해서 얻었는지 아십니까? 이건 단순한 자료가 아니라, 제 시간과 노력, 그리고 위험을 감수한 결과물이에요. 그런데 그걸 공짜로 가져가겠다는 건 정말 너무하신 부분입니다."

그는 난처한 표정으로 나를 바라보며 말했다.
"그렇다고 이런 걸 돈으로 거래하는 건 옳지 않습니다. 저는 공익을 위해 이 일을 하고 있는 겁니다."

나는 눈살을 찌푸리며 반박했다.
"기자님이 업무하시는 그 언론 회사는 사익을 위한 회사 아닌가요?"

그는 잠시 말을 잇지 못하고 고개를 숙였다.
"…그건 그렇지만…"

"기자님 혼자 판단하지 말고, 회사 사장님께 전화해서 물어보는 건 어때요?"

그는 걸음을 멈추고 나를 쳐다보았다.
"사장님이요?"

나는 천천히 고개를 끄덕이며 덧붙였다.
"상식적으로 생각을 해 보세요. 이건 단순히 당신에 국한된 게 아니라 회사의 명성을 드높일 기회죠. 사장님도 이런 특종을 놓치는 걸 원치 않을 겁니다."

그는 당황한 기색을 감추지 못하며 결국 주머니에서

휴대폰을 꺼냈다.
 "정말 이런 식으로까지 해야 하나…"

 나는 그 모습을 차분히 지켜보며,
 벨라시오의 존재감이 내 안에서 더욱 강해지는 것을 느꼈다.

 그의 차갑고 냉정한 계산이, 내 몸을 지배하는 동시에 상황을 지휘하고 있었다.

 "여보세요? 사장님… 네, 지금 이 사람과 얘기 중인데요… 그가 말하는 건… 네, 알겠습니다. 예, 네."

 그의 목소리가 떨리며 사장과의 대화가 끝난 뒤,
 그는 다시 나를 바라보았다.

 내 표정을 읽지 못한 듯, 그의 얼굴에는 미묘한 감정이 교차하고 있었다.

"사장님이… 하신답니다…"
그의 목소리는 여전히 어색하고,
마치 자신의 도덕적 신념과 싸우는 듯했다.

"네, 잘 선택했어요. 다만 금화 칠백 닢으로 올랐어요. 제 시간은 비싸거든요."

'푸흡.'
벨라시오가 한 말에 내면에 잠식된 내가 피식 웃었다.

그는 한참을 망설이더니 대답했다.
"하… 알겠습니다. 그렇게 하죠."

그는 주머니에서 휴대폰을 꺼내 몇 번 눌렀고,
잠시 후 다시 나를 쳐다보았다.

"조금 시간이 걸릴 거예요. 여기서 기다려 주시겠어요?"
나로 빙의한 벨라시오는 고개를 끄덕이며, 그의 변화를 흥미롭게 지켜봤다.

벨라시오의 냉철한 판단 아래, 모든 상황이 점점 더 유리하게 흘러가는 것을 느낄 수 있었다.

그가 나간 뒤, 잠시 후, 다시 돌아왔다.
그는 손에 작은 가방을 들고 있었다.

"여기 있습니다."
그는 내게 금화 칠백 닢을 담은 작은 가방을 건넸다.
"정말 이렇게까지 해야 하나 싶긴 하지만… 어쩔 수 없네요."

"잘했어요. 독점 보도로 자료를 전달해 드리죠."
벨라시오는 휴대폰을 꺼내 그의 이메일로 통화 녹음을 전송해 주었다.

그는 메일을 확인하고는 인사도 없이 밖으로 나갔다.

그 순간, 내 몸 속에서 다시 한번 익숙한 존재의 기운이 감돌며 정신이 조금 돌아왔다.

"시온, 너는 참 답답하구만."
그가 내 머릿속으로 말을 건넸다.

"그를 어떻게, 왜 타락시키려구?"
내가 반응하기 전에,
벨라시오는 나를 끌어당기듯 말을 이어 갔다.

"원래 그렇게 선한 사람을 타락시키는 게 재밌어. 낄낄"

몰락한 귀족 시온 (6)

내 머릿속에서 벨라시오의 웃음소리가 울려 퍼졌다. 그 낮고 비릿한 웃음소리는 한편으론 기분 나빴지만, 이상하게도 어딘가 통쾌하기도 했다.

"이제, 내 손안에 금화 이천이백 닢이 있다! 고마워, 벨라시오."
내가 머릿속으로 외쳤다.

머리 안에서 벨라시오의 목소리가 다시 들려왔다.
"낄낄! 예전의 초라하고 비굴한 너의 모습은 정말 이제 없군."

"이제 원하는 건 뭐든 살 수 있어. 내 가문을 다시 일으키기 위한 자금도 충분히 확보했고."

내가 기쁨에 젖어 금화의 무게를 떠올리고 있을 때,
벨라시오의 목소리가 다시 울려 퍼졌다.
"그 기자… 그를 완전히 타락시킬 때까지는 내가 맡지."

"뭐? 난 지금 돈이 더 필요해."
난 그 기자가 타락하는 것이 필요 없을뿐더러, 돈이 더 절실했다.
애초에 목표도 금화 3천 닢이었고 말이다.

"음… 그럼 그를 타락시키는 김에 돈까지 더 받게 해 주지."

"뭐?"
내가 반사적으로 물었지만,
이미 벨라시오는 나의 생각을 넘어, 나의 의지를 휘감고 있었다.

다시 내 시야가 흐릿해지며 머릿속이 빙글빙글 돌았다.
내 의식은 서서히 저 멀리로 밀려났고,
내 안에서 벨라시오의 강렬한 존재감이 확장되기 시작했다.

그의 차가운 목소리가 나의 목소리를 대신해 귓가에 맴돌았다.
"너는 잠시 쉬고 있어라."

나는 저항하려 했지만, 점점 더 깊은 어둠 속으로 빨려 들어갔다.
마지막으로 들은 것은 벨라시오의 비릿한 웃음이었다.
"너도 곧 알게 될 거야, 시온. 진정한 타락의 아름다움을."
그리곤 내 안에서 벨라시오가 모든 것을 지배하기 시작했다.

그는 나의 손을 뻗어 휴대폰을 집어 들었다.
도윤의 번호를 누르고는 주저 없이 전화를 걸었다.

"뭐야, 시온? 갑자기 전화해서 무슨 일이야?"
도윤의 짜증 섞인 목소리가 수화기 너머로 들렸다.

벨라시오는 단도직입적으로 말했다.
"사실대로 말하지. 난 이미 기자 한 명에게 네 증거 자료들, 통화 녹음까지 전부 넘겼어."

전화기 너머에서 순간 침묵이 흘렀다.
그리고 곧이어, 도윤의 분노가 터져 나왔다.
"뭐라고? 미친놈이야? 네가 뭘 한지 알아? 왜 약속을 안 지켜??"
그의 목소리는 분노로 떨렸고, 거친 욕설이 뒤따랐다.

하지만 벨라시오는 전혀 동요하지 않았다.
오히려 더욱 냉정하게, 차가운 목소리로 말을 이었다.

"흥분하지 마. 마지막 기회를 하나 주지."

"기회? 무슨 기회?"

도윤은 울려 퍼지도록 소리쳤다.

"돈을 줘. 금화 천 닢 더. 그럼 내가 그 기자가 누군지 알려 주지."
"…"

그가 말을 않자, 벨라시오는 여유로운 어조로 말을 덧붙였다.
"네가 직접 막으면 돼. 물론 이미 증거는 다 넘겼고, 난 더 이상 가진 게 없으니 알아서 해. 대신 기자 이름을 알려 주는 대가로 금화 천 닢을 추가로 받겠다는 거야."

도윤은 분노와 절망이 뒤섞인 목소리로 소리쳤다.
"천 닢 더…?"

"그래. 네가 이 상황에서 벗어나고 싶다면, 선택은 간단해. 돈을 내거나, 아니면 망하거나."

"…"

도윤은 더 이상 말을 잇지 못했다.
그의 거친 숨소리만이 들릴 뿐이었다.

벨라시오는 마지막으로 한마디를 더했다.
"아주 간단하지 않나? 고작 금화 천 닢으로 네 모든 문제를 해결할 수 있는데?"

한참 숨소리가 들리더니 도윤이 말했다.
"하… 대신 만나서 그의 이름을 직접 알려 줘."

"알겠어. 단 혼자 오는 걸로. 허튼짓은 못 하게끔 할 거니, 걱정 말고."

도윤이 잠시 머뭇거리더니 마지못해 동의했다.
"좋아. 어디로 갈까?"

벨라시오는 마치 그려 놓은 그림을 색칠하듯 거리낌 없이 말했다.
"정확한 주소는 메시지로 보내 줄게."

그는 대답을 듣기도 전에 전화를 끊었다.

"흐흐… 이제 재미있는 무대가 완성됐군."

벨라시오는 내 몸을 움직여 서둘러 준비를 마쳤다.
코트 주머니에 단검을 하나 넣고, 밖으로 나갔다.
이 모든 일이 치밀하게 계산된 그의 계획인 모양이었다.

벨라시오는 도시 외곽에 위치한 창고 주소를 도윤에게 메시지로 보내고,
한적한 외곽에 위치한 낡은 창고로 향했다.

폐허처럼 보이는 창고는 긴 세월의 흔적을 간직하고 있었다.
벽에는 녹슨 철판이 덮여 있었고, 창문은 대부분 깨져 있었다.

벨라시오는 만족스러운 미소를 짓고 창고의 큰 문을 밀어 열었다. 낡은 문이 삐걱거리며 불길한 소리를 냈고,

도윤이 고개를 번쩍 들었다.

"왔군."

벨라시오는 여유롭게 걸음을 옮기며 그의 앞으로 다가갔다.
도윤은 바닥에 널브러진 가방을 들며 지퍼를 열었다.
가방 안은 금화로 가득 찼다.

"여기 있다. 금화 천 닢. 이제 그 기자가 누군지 알려 줘."
"조급해하지마 도윤. 천천히 이야기나 해 보자고."

도윤은 초조하게 벨라시오를 노려보며 목소리를 낮췄다.
"일단 기자부터 알려 줘. 그러고 나서 이야기를 해 보자."

벨라시오는 천천히 코트 주머니에서 무언가를 꺼내며 미소를 지었다.
아까 그가 타락시키겠다고 한 기자의 명함이었다.

명함의 구석엔 기자의 이름과 연락처가 또렷하게 적혀 있었다.

"프론티어 뉴스, 준혁"

벨라시오는 명함을 도윤에게 건네며 말했다.
"이 기자는 정의롭다 못해 고지식한 사람이지. 네가 어떻게든 처리하지 않으면, 이 상황을 뒤집기는 어려울 거야."

도윤은 명함을 받아 들고,
그것을 뚫어지게 바라보다가 핸드폰을 꺼냈다.
그는 떨리는 손으로 번호를 눌렀다.

"누구에게 전화하는 거지?"
내가 물었다.

도윤은 짧게 대답했다.
"내 부하다."

그는 짧은 신호음 끝에 전화를 받자마자 차갑고 단호한 목소리로 명령을 내렸다.

"준혁이라는 이름을 가진 사람을 찾아라. 프론티어 뉴스 기자야. 모든 경비병과 직원들을 풀어 무조건 찾아내."

벨라시오는 흥미롭게 고개를 끄덕이며 그를 지켜보았다.

도윤은 명함에 적힌 내용을 사진으로 찍어 부하에게 보내며 이어 말했다.

"그의 위치를 확보하면 즉시 납치해서 나에게 데려와."

그의 목소리에는 서늘한 결의가 담겨 있었다.

벨라시오는 만족스럽게 미소를 지으며 속으로 중얼거렸다.

'좋아, 도윤. 너도 이제 충분히 타락의 길을 걷고 있군.'

도윤은 전화를 끊고 벨라시오를 바라보며 말했다.

"네가 원하는 대로 다 했다. 이제 남은 건 내가 이 문제를 끝내는 것뿐이야."

벨라시오는 가볍게 어깨를 으쓱하며 말했다.
"물론이지. 너가 원하는 방식으로 해결하면 돼."

그가 망설임 없는 눈으로 창고를 나서자,
머릿속이 갑자기 맑아졌다.

내 손에는 금화 천 닢이 든 묵직한 주머니가 들려 있었다.
그리고 바닥에는 기자의 명함 한 장이 나뒹굴고 있었다.

벨라시오의 사고와 판단은 정말이지, 공포스러웠다.
내 사고를 눈치챈 듯 그의 목소리가 머릿속에 울렸다.
"무서운 표정을 하고 있군. 너도 즐겼잖아? 도윤과 그 기자를 조종하는 그 쾌감을."

"그래도… 이건 너무 심한데…"
"결국, 네가 선택한 길은 나와 같은 길이야. 네가 원하는 것, 그리고 내가 주는 것. 그 둘은 이미 맞물려 있어…"

이제 나는 이 모든 것이 내가 선택한 길임을 인정해야 했다.

몰락한 귀족 시온 (7)

 다음 날 아침, 도시의 신문과 방송이 그 소식으로 가득 찼다.
 긴급 뉴스 속보가 전파를 타며 시민들의 이목을 끌었다.

『귀족 도윤, 정치인과 협력해 마약을 수입하여 항구 창고에서 유통해…』

 TV에서는 예측했던 뉴스들이 난무했다.
 이 보도는 모든 이들을 충격에 빠뜨렸다.

 고위 귀족이자,
 사회적 명성을 지닌 도윤이 마약 밀매와 정치적 부패에 연루된 사건이었기 때문이다.

이 소식은 시민들에게 큰 충격을 안겼고,
정부와 경찰은 즉시 조사에 착수했다.

특히 그가 마약을 숨겨 두었던 창고의 위치와,
거래를 담당한 주요 인물들까지 밝혀지며 상황은 더욱 복잡해진 모양이었다.

그리고 그 보도에는 한 가지 중요한 점이 덧붙여졌다.
이 모든 증거와 자료는 단 한 명의 기자가 단독으로 입수한 것이라는 내용이었다.
그 기자 이름이 공개되지는 않았지만,
결국 단 한 명의 기자에 의해 세상에 공개되었다는 사실이 사람들의 입에 오르내렸다.

'아마 명함 속 준혁이라는 기자는 도윤이 입을 막았을 테고…'

어제 첫번째로 도윤의 증거물을 준 기자가 폭로한 모양이다.

도윤의 몰락은 이제 피할 수 없는 상황이 되었다.
그의 몰락은 정말이지 직접 쓴 각본처럼 완벽했다.

"낄낄낄…"
나는 기사를 보다가 끝내 웃음을 터뜨렸다.

웃음이 목구멍에서부터 끓어올라 터져 나왔고,
내 방은 금세 웃음소리로 가득 찼다.

나는 창문을 열어 떠오르는 햇빛을 바라보며 깊은 숨을 내쉬었다.
차가운 공기가 폐를 가득 채우며 내 마음도 한결 가벼워졌다.

이건 확실히 두 배의 승리였다.
복수와, 돈.
두 가지를 모두 얻어 냈다.

테이블 위에는 어제 흩뿌려 놓은 금화들이 있었다.

내 손으로 이룬 결과물이었다.

과거 힘든 시간 동안,
내 목표는 단 하나였다.
가문을 재건하고, 나 자신을 다시 일으켜 세우는 것.
그리고 지금, 그 목표가 현실로 다가왔다.

나는 스스로에게 조용히 다짐했다.
'더는 벨라시오 같은 존재에 의존하지 말아야지.'

나는 홀로 남아 금화를 손에 쥔 채 흐뭇하게 웃고 있었다.

그런데 갑자기 벨라시오의 목소리가 머릿속에 울려 퍼지며 앞에 나타났다.
"이제 대가를 치를 때인 것 같군. 크크."

"뭐…? 대가?…"
나는 당황하며 중얼거렸다.

하지만 이내 화가 치밀어 올랐다.
"야 이 새끼야, 너가 대체 뭘 해 줬다고 대가를 요구해?"

벨라시오는 비웃는 듯한 목소리로 대꾸했다.
"응? 반대로 너가 한 게 있나?"

나는 더 이상 참을 수 없어 고함쳤다.
"뭐라고? 내가 직접 움직이고 내가 직접 계획했잖아! 네 도움은 아주 조금 받았을 뿐이야!"

"이 모든 것이 나와의 계약부터 내가 다 지시해 줬고, 내가 다 설계해 준 결과물이야. 크크."
그의 말은 날카로운 비수처럼 가슴 깊숙이 꽂혔다.
하지만 반박하려고 해도 벨라시오의 조롱 섞인 웃음이 멈추질 않았다.

"현실을 받아들여, 인간. 네가 스스로 한 건 아무것도 없어."

나는 멍하니 벨라시오의 말에 입을 다물었다.

지금까지의 내 행동이,
정말로 내 의지였던가?
의심이 밀려왔다.

한참을 멍하니 앉아 있었다.
주위의 소음도, 시간도 다 사라진 것처럼 느껴졌다.

난 정신을 차리고 떨리는 목소리로 물었다.
"아… 그래서 대가가 뭔데?"

벨라시오는 뜸을 들이더니, 천천히 대답했다.
"니 영혼. 크크크…"

"뭐?"
내 머릿속에서 울리는 그 소리가 너무도 차갑고 무거워,
나도 모르게 다리에 힘이 풀려 바닥에 주저앉았다.

"아… 설마… 진짜로…?"

그는 조용히 무언가를 고민하는 듯했다.
잠시 침묵이 흘렀고, 그가 말을 꺼내기 전까지 나는 그가 어떤 답을 내릴지 모른 채, 기다려야 했다.

"음…"
벨라시오가 천천히 입을 열었다.
"그런데 사실, 영혼은 이제 내게 그다지 필요 없어."

나는 순간, 그의 말에 귀를 의심했다.
"영혼이 필요 없다니? 그러면 대가는?"

벨라시오는 잠시 생각에 잠기더니,
갑자기 장난기 가득한 표정을 지었다.

"음… 생각해 보니까, 그냥 재미있는 걸 해 볼까 하는 생각이 들었어."

"응…?"
나는 의아한 눈빛을 보냈다.
그의 표정은 마치 장난을 치려는 아이처럼 빛나고 있었다.

그는 내 눈을 똑바로 쳐다보며, 말을 이어 갔다.
"영혼 대신, 절박한 사람들을 타락시켜 계약자를 더 구해 오도록 해라."
벨라시오의 목소리는 차분하지만,
그 안에는 섬뜩한 냉정함이 느껴졌다.

"응…?"

"나의 지능과 판단력의 1할을 주겠다. 앞으로 20년간 절박한 사람들을 타락시켜 계약자를 구해 오면 그때부터 너에게 자유를 주지."

"절박한 사람들…"
나는 그 말의 의미를 천천히 곱씹었다.

벨라시오는 분명히 사람들이 끝까지 갈망하는 것들을 이용해 그들을 끌어들이고 싶은 것 같았다.

마치 이전의 나처럼 말이다.

"그럼 내가 능력을 받으면, 어떻게 해야 사람들을 타락시킬 수 있어?"
"무슨 수를 쓰든지 최선을 다해 사람들을 타락시키기만 하면 된다."
"기간을 다 채우기만 하면 돼?"
"그래."

나는 잠시 침묵했다.
벨라시오의 제안은 매력적이었지만,
저 웃음에 숨겨진 의미가 무엇인지 몰랐다.

'능력을 얻는 대신, 내가 타락한 이들을 더 많이 만들어 내야 한다는 그 일을, 과연 내가 감당할 수 있을까?'

'휴…'

"알겠어."
결국, 나는 결정을 내렸다.
달리 방도가 없었다.

벨라시오는 만족스러운 미소를 지으며 말했다.
"성립됐군. 낄낄."

그 순간, 그의 목소리와 함께 나의 머리가 갑자기 환하게 빛나는 듯한 느낌이 들었다.
마치 어두운 방 안에서 갑자기 천장이 열리며 강한 빛이 쏟아지는 듯했다.
처음엔 그 빛이 너무 강렬해서 눈을 뜨기도 힘들었지만,
곧 그 빛은 나의 뇌 속으로 스며들어 이상한 전율을 일으켰다.

내가 무언가를 느끼는 것도, 생각하는 것도 이제까지와는 전혀 다른 방식으로 흘러가고 있었다.
마치 뇌 회전이 빨라지면서,
그동안 느껴 보지 못한 속도로 생각들이 이어지기 시

작했다.

 무엇보다 이제부터 해야할 일이 무엇인지 명확하게 보였다.
 '도윤을 찾아가자.'

　　　　　　　　-몰락한 귀족 시온 〈끝〉-

도윤의 재기 (1)

내 이름은 도윤.
한때, 아니 불과 며칠 전까지만 해도,
나는 귀족 사회에서 이름을 떨친 사업가였다.
난 귀족과 상인들 사이에서 거래를 중개하며 큰돈을 벌었고,
특히 은밀한 사업으로 더욱 부를 쌓았다.

그중에서도 가장 수익성이 높았던 건 물론 마약 사업이었다.
귀족들의 향락과 쾌락을 책임지는 비밀스러운 사업.

흰빛 가루가 뿌려질 때마다 나는 더욱 막강한 힘을 가지게 되었다.

하지만 그 모든 것이 한순간에 무너졌다.

시온, 그 빌어먹을 놈 때문이었다.

그는 처음엔 보잘것없는 몰락한 귀족에 불과했다.

물론 다름 아닌 내가 그의 도움을 받은 후 몰락시켰지만 말이다.

하지만 그는 이상하리만치 끈질겼고,

무언가에 이끌리는 듯 날카로운 촉을 가지고 있었다.

그렇게 그는 나의 사업을 철저히 조사했고,

끝내 내 숨통을 끊어 놓았다.

내가 믿었던 귀족들은 등을 돌렸고,

뒤를 봐 주던 정치인들도 하나둘 사라졌다.

결국, 나는 체포되었고 감옥에 갇혔다.

이곳은 썩어 가는 시궁창 같았다.

지금까진 귀족들과 어울리며 향락을 즐겼지만,

이제는 악취가 진동하는 차가운 감방에서 하루하루를 보내고 있다.

'모든 걸 잃었다.'

나는 감방의 차가운 벽에 기대어 한숨을 내쉬었다.

그런데, 그 순간.
누군가가 내 감방 앞에 서 있었다.
천천히 고개를 들자, 익숙한 얼굴이 눈에 들어왔다.
"…시온?"

그는 여유로운 미소를 지으며 나를 내려다보고 있었다.
"오랜만이군, 도윤."
나는 손아귀를 꽉 쥐었다.

'빌어먹을. 이놈이 대체 무슨 꿍꿍이로 나를 찾아온 거지?'

시온은 감방 문 앞에서 천천히 몸을 기울이며 낮은 목소리로 속삭였다.

"난 이전과 다른 사람이야."

그의 눈빛이 섬뜩할 정도로 차분했다.
예전의 초라했던 몰락한 귀족 시온이 아니다.
마치 모든 걸 꿰뚫어 보는 존재처럼,
그는 나를 내려다보고 있었다.

"너, 내가 하라는 대로 할래? 거기서 꺼내 줄게."
나는 미간을 찌푸렸다.
"뭐?"

　시온은 한 손을 감옥 창살에 올리며 천천히 말했다.
"너 감방에서 평생 썩고 싶어? 선택지가 없을 텐데. 다시 일어서게 해 줄게."

　그의 말은 유혹처럼 들렸다.

마치 모든 걸 되돌릴 수 있다는 듯이.
나는 그를 뚫어지게 쳐다봤다.

나는 천천히 숨을 들이마셨다.
그리고 그를 똑바로 바라보며 입을 열었다.

"어떻게 하면 되는데?"
시온은 미소를 지었다.
그 미소는 기묘했다.
동정도, 조롱도 아니었다.
마치 모든 걸 예상이라도 했다는 듯한 표정.

그는 한 걸음 다가와 감옥 철창을 손끝으로 툭툭 두드렸다.
"난 너의 사업 수완을 인정해."

그가 낮은 목소리로 말을 이었다.

"거기서 꺼내 줄 테니, 나와 사업을 시작하자."

그 순간, 내 안에서 무언가가 꿈틀거렸다.
망가진 채 끝나 버린 줄 알았던 내 삶.
다시 시작할 기회가 온 걸까?

나는 그를 가만히 바라보았다.
시온의 눈빛은 흔들림이 없었다.
'…이놈은 대체 뭘 꾸미고 있는 거지?'

나는 망설임 없이 시온의 제안을 수락했다.
"알겠어. 널 믿어 보도록 하지."
시온은 웃음을 머금고는 낮게 중얼거렸다.
"그래야지. 넌 결국 나를 선택할 거라 생각했어. 너의 미래는 확실히 달라지게 해 주지. 며칠만 기다려."
그 말과 함께 그는 고개를 끄덕이며 여유롭게 돌아섰다.

그 표정은 여전히 자신만만했고,
그가 무엇을 꾸미고 있는지,
진짜 의도가 무엇인지는 알 수 없었다.

난 그저 그의 말대로 시간이 흐르기를 기다릴 수밖에 없었다.

다만 한 가지는 확신했다.

'그저 이 기회는 결코 달콤하지만은 않을 것 같았다.'

도윤의 재기 (2)

얼마나 시간이 지났을까?

감옥은 참 엿같았다.

하루가 어떻게 지나가는지 모를 정도로 무의미한 시간들이 흘렀고,

그 안에서 나는 점점 더 자신을 잃어 가고 있었다.

벽에 갇힌 내 마음은 무겁고,

상상할 수 없을 정도로 답답했다.

바깥 세상과는 완전히 단절된 채,

아무리 기다려도 시간이 나를 구원해 주지 않는다는 사실이 점점 더 분명해졌다.

매일 차가운 바닥에 누워 눈을 감으면, 한숨이 절로 나왔다.

"내가 왜 이렇게 된 거지?…"
나는 고독 속에서 속으로 중얼거렸다.

정말이지 감옥이란 곳은 나를 물리적으로 억누를 뿐만 아니라, 정신적으로도 나를 서서히 쥐어짜는 느낌이었다.

또 며칠이 지났을까…
나는 여전히 감옥 안에서 허무하게 시간을 보내고 있었다.
단 한 명도 내게 면회 오는 사람조차도 없었다.

어느 날,
갑자기 철문이 열리고 교도관이 나를 부르는 소리가 들려왔다.
처음에는 잘못 들었나 싶어 잠시 귀를 의심했지만,
교도관의 목소리가 다시 들려왔다.

"도윤. 나가라. 무죄 판정 받았다."

나는 순간적으로 멍해졌다.
'무죄? 내가 무죄라고? 어떻게 그런 일이 있을 수 있지?'

그동안 감옥 안에서 나를 끊임없이 괴롭혔던 시간이 갑자기 뒤집어진다는 사실이 믿기지 않았다.

감옥의 이 차가운 바닥에서 일어날 힘도 없었던 나는, 그저 눈을 크게 뜨고 교도관을 바라보았다.
"어… 무죄라니?" 내가 물었다,
거의 자신도 믿을 수 없는 듯이.

교도관은 별다른 표정 없이 고개를 끄덕였다.
"그렇다. 증거가 부족하다는 이유로 모든 혐의가 취소됐다. 이제 나가도 된다."

이 말을 들은 나는 머릿속이 하얘졌다.
'도대체 무슨 일이 일어난 거지? 내가 이곳에 갇힌 이

유는 무엇이었고, 시온이 나에게 어떤 계산을 하고 있었던 거지?'

갑자기 나가라는 말에 나는 그저 멍하니 서 있을 뿐이었다.
몇 번이고 교도관의 말을 되뇌며,
그동안의 일들이 왜 이렇게 급격하게 변했는지 이해할 수 없었다.

결국 나는 교도관의 손에 이끌려 감옥을 나섰다.
철문이 닫히는 소리가 내 뒤에서 들리면서,
나는 그저 그 상황을 받아들일 수밖에 없었다.
하지만 머릿속에서 나는 그 순간이 어떤 의미를 지니는지,
왜 나에게 이런 일이 일어난 것인지 끊임없이 되물었다.

감옥 밖으로 나가니,
그저 숨이 멎을 듯한 기분이 들었다.
내가 이곳을 떠날 수 있다는 사실이 믿기지 않았고,

한동안 멍하니 서 있을 수밖에 없었다.

교도관은 내가 맡겨 뒀던 옷과 돈, 그리고 휴대폰을 건네주며 말했다.
"너의 물건들이다. 축하한다. 이제 자유다."

나는 그 물건들을 받아 들며,
그동안 갇혀 있었던 시간들이 마치 다른 사람의 이야기처럼 느껴졌다.

차가운 교도소 유니폼을 벗고,
내가 원래 입었던 옷을 다시 입었다.
오랜만에 내 몸에 맞는 옷이 얼마나 편안한지 새삼 느꼈다.
내 손에 쥔 돈은 그저 명목상으로만 중요한 것 같았고,
오랜만에 휴대폰을 손에 쥐니 더 묘한 기분이 들었다.

휴대폰을 켜자, 화면에 여러 가지 알림이 쏟아졌다.
수많은 전화와 메시지가 쌓여 있었지만,

그 순간 나는 그 어떤 것도 신경 쓰지 않았다.

일단 이 순간만큼은 모든 것을 잊고 싶었다.
아니, 아무 생각도 하고 싶지 않았다.

바깥 공기가, 자유의 느낌이,
내 몸을 감싸는 것만으로도 충분히 벅차올랐다.

바깥 세상은 내가 기억했던 그대로였다.
하지만 그간 내가 갇혀 있었던 만큼, 세상은 낯설게 느껴졌다.

거리를 걷는데 자주 찾던 칼국숫집이 눈앞에 보였다.
간판을 보고도 믿기지 않았다.
이곳을 다시 찾을 수 있을 거란 생각조차 하지 못했으니까.

나는 빠르게 문을 열고 가게로 들어갔다.
가게 안은 따뜻하고, 구수한 국물 냄새가 입맛을 자극

했다.

"어이, 손님! 오랜만이네."

칼국숫집 아저씨가 나를 보고 반가워하며 웃었다.

감옥에서 벗어나,
이렇게 평범한 사람들처럼 밥을 먹을 수 있다는 게 너무 신기하게 느껴졌다.

"칼국수, 하나 주세요."
나는 목이 타고 배가 고파서 말이 절로 나왔다.

잠시 후, 아저씨가 국물이 가득한 칼국수를 가져다줬다.
그때부터 나는 더 이상 생각할 여유가 없었다.
뜨겁고 시원한 국물을 한 입 먹자마자, 내 몸 구석구석까지 따뜻함이 스며드는 것 같았다.

면발을 한 입에 넣자,

그 쫄깃한 식감이 내 입 안을 가득 채웠다.

"이거야, 이 맛이지!"
나는 한숨 돌리며 그리웠던 이 맛에 미소를 지었다.
감옥에서 먹었던 형편없고 거지 같은 식사와는 비교할 수 없을 정도로,
이 칼국수는 내게 마치 천상의 맛처럼 느껴졌다.

나는 그리워했던 음식을 다시 먹을 수 있다는 사실에 감사하며, 계속해서 숟가락을 들었다.

바깥의 바람이 스치는 소리와 함께,
이 모든 게 현실로 다가오는 느낌이었다.

식당에 걸린 TV에서는 뉴스가 나오고 있었다.

나는 국물에 빠져들던 중,
문득 화면에 비친 뉴스 리포터의 목소리가 내 귀에 들어왔다.

"최근 논란이 된 도윤과의 통화 녹음 사건, 전부 합성된 것으로 드러났습니다. 제보자로 알려진 인물은 모든 발언이 거짓이었다고 말하며, 자신이 제공한 녹음 파일과 물건들이 전부 조작되었음을 인정했습니다."

나는 국수 한 젓가락을 입에 넣다 말고 멈췄다.
TV 화면을 유심히 바라보았다.
뉴스 리포터는 계속해서 설명을 이어 갔다.

"이에 따라 도윤에 대한 모든 혐의는 사실이 아닌 것으로 밝혀졌습니다."

TV 화면에서 나온 충격적인 뉴스 보도에 정신을 차리기도 전에,
내 휴대폰이 갑자기 울리기 시작했다.

따르릉-

그 전화가 누구일지,

이미 나는 알고 있었다.

화면에 비친 이름을 보고도 숨이 멎을 뻔했다.

시온.

도윤의 재기 (3)

심장이 빠르게 뛰기 시작했다.
그가 왜 나에게 전화를 하는 걸까?
난 이제 그가 무서워졌다.
손끝이 떨려서 겨우 전화를 받았다.

"여보세요."
내 목소리는 떨렸지만, 그를 향한 분노와 두려움을 억누르려 애썼다.

시온의 목소리가 정적을 깨고, 차가운 침묵을 깨며 흘러나왔다.
"이제 내가 너의 은인이지?"
그는 낮고 차가운 목소리로 말했다.

그 말이 날카롭게 내 뇌를 찌르는 듯했다.

시온은 잠시 멈추더니, 목소리의 톤을 낮추었다.
"지금 당장, 내 집으로 와. 사업을 시작할 거야. 네가 원하는 모든 걸 내가 줄 테니까, 나와 함께해. 반드시 널 일으켜 세워 주지."

그의 말에는 확신이 묻어 있었다.
하지만 동시에 무언가 숨겨진 의도가 있다는 생각이 머릿속을 떠나지 않았다.

중요한 건 지금 당장, 그의 말대로 해야 할 것만 같았다.
이미 내게 놓여 있는 길은 그가 제시한 길밖에 없다는 듯, 나는 아무런 망설임 없이 대답했다.

"알겠어. 지금 바로 가겠다."

전화를 끊자, 내 마음은 더욱 복잡해졌다.
시온이 제시한 사업이 뭔지, 내가 무엇을 하게 될지 전혀 알 수 없었다.

하지만 이미 나는 그를 피해 갈 수 없다는 걸 느꼈다.

그가 원하는 대로, 내가 그의 손안에서 움직일 수밖에 없다는 걸 알았다.

나는 다시 한번 깊은 숨을 들이쉬고,

곧장 그의 집으로 가기 위한 발걸음을 내디뎠다.

시온의 집에 도착하자, 나는 차가운 기운을 느끼며 그의 집 안으로 들어섰다.

시온의 집은 예상보다 훨씬 더 고급스러웠다.

아니, 고급스러워졌다.

모든 것이 깔끔하고 정돈된 공간 안에서,

시온은 아무렇지 않게 내게 손을 내밀며 자리에 앉으라고 했다.

"자, 앉아. 이제 우리 얘기 좀 해 보자."

그의 얼굴은 마치 아픈 사람처럼 흰빛으로 창백해져

있었으며, 목소리는 평소보다 더 차가워 보였다.

나는 조심스럽게 그의 앞에 앉았다.

"너가 과거에 했던 사업 내용들을 말해 봐."

그의 목소리는 너무나도 차갑고 침착했다.

나는 그가 왜 이런 질문을 하는지 알 수 없었지만,

그가 원하는 대로 대답할 수밖에 없었다.

"난 외국에서 마약을 가져와 항구에서 포장해서 유통시켰다. 그리고 여러 도시들을 경유해서 다양한 밀매 경로로 그것들을 퍼뜨렸다. 그 외에도 여러 가지 사업을 했고, 그 모든 일을 은밀하게 처리했다."

나는 말을 이어 갔다.

"하지만 그게 전부가 아니다. 더 많은 일들이 있었다. 내가 이 모든 걸 어떻게 처리했는지, 어떻게 사람들의 눈을 피하면서 모든 걸 해 왔는지… 그건 내가 살아남기 위한 방법이었어."

시온은 내 말을 끊지 않고 들었다.
그의 눈빛은 여전히 냉정했고,
그 어떤 감정도 읽을 수 없었다.

그러나 그가 왜 이런 것들을 물어보고,
나에게 이런 정보를 제공하는지에 대한 의문은 계속 떠올랐다.

난 그렇게 그동안 해 왔던 모든 은밀 사업에 대한 실체와 내용을 그에게 들려주었다.
시온은 내 말을 끝까지 듣고 나서, 잠시 고개를 끄덕이며 조용히 말했다.

"그렇지. 너의 방식, 그 사업 수완은 정말 인상적이야.
그만큼 넌 이 길에서 살아남을 수 있는 능력을 갖추었고,
이제 그 능력을 다른 방향으로 사용할 때야."

그는 잠시 침묵을 지킨 후,
내게 눈을 마주치며 천천히 입을 열었다.

"우리는 지금부터 큰 사업을 시작할 거야. 하지만 이번에는 조금 다르게, 인류를 최대한 망치고 타락시키는 방향으로 가야 한다."

그의 말은 내 심장을 요동치게 만들었다.

'인류를 망친다니?'
'그게 무엇을 의미하는 걸까?'

나는 혼란스러웠지만, 시온의 눈빛은 그 어떤 혼란도 없다는 듯 차갑고 확신에 찼다.

"불법적인 방식도 있을 수 있지만, 그것보다 더 강력하고 영리한 방법이 있어. 예를 들어, 사람들이 자기 자신을 잃게 만드는 방식으로 접근하는 거지. 사람들이 의식적으로나 무의식적으로 점점 더 타락하고, 그들의 도덕적 기준을 흔들리게 만드는 거야."
시온은 점점 더 흥분하며 말을 이어 갔다.

"예를 들면, 사람들이 더 많은 욕망을 느끼게끔 유도하는 것이지. 끊임없이 소비하고, 돈을 벌고, 권력을 쥐기 위해서 무엇이든 해야 한다고 생각하게 만들면, 그건 곧 타락이지."

그의 말이 무겁게 내 마음을 짓누르기 시작했다.

"이게 바로 우리가 해야 할 일이야. 사람들이 점점 더 물질적이고 쾌락적인 방향으로 타락하게 만드는 거지. 우리가 할 사업은 사람들이 점점 더 쾌락에 빠지며 자신의 본성을 잃어 가는 걸 볼 수 있을 거야."

그의 말 속에서 나는 점점 더 강렬한 유혹을 느꼈다.
인류를 타락시키는 사업?
그것이 정말 가능한 일일까?

하지만 시온은 내가 지금까지 겪어 온 것들을 다 알고 있었다.
그의 제안을 거절할 이유는 없었다.

"그렇다면, 어떻게 시작할 거지?"
나는 대답했다.
내 목소리는 조금 떨렸지만,
동시에 어떤 큰 결단을 내릴 준비가 되어 있었다.

"우리는 여러 가지 방법을 활용할 거야. 사람들의 욕망을 자극하는 상품을 만들고, 그것을 통해 사람들의 정신을 장악하는 방식으로 말이야. 예를 들어, 사람들이 정신적으로 중독될 수 있는 콘텐츠나, 심리적 욕구를 자극하는 소비 패턴을 만드는 거지. 그리고 점점 더 많은 사람들이 그 길을 따라가게 만들면, 결국 그들의 마음을 장악할 수 있어."
시온은 손끝을 튕기며 그 계획을 말하였다.

"가장 중요한 건 돈은 내게 중요하지 않아. 타락의 정도가 중요할 뿐이야"
그가 기분 나쁜 미소를 지으며 말했다.

그의 말이 내 귀에 깊숙이 박히며,

심장이 한순간 멎는 듯했다.

시온이 말하는 것처럼, 돈이 중요한 게 아니라 타락의 정도가 중요하다는 말은 내게 너무나도 차갑고 무서운 경고처럼 다가왔다.

그는 단순히 물질적 보상을 추구하는 것이 아니라,
 사람들의 마음과 정신을 흔들고 조종하는 것에 가치를 두고 있다는 걸 의미하는 모양이었다.

나는 잠시 숨을 고르고, 그가 던진 말들을 되새겼다.
'타락의 정도라…',

그가 원하는 것이 무엇인지,
무엇을 위해 사업을 시작하려는 건지 알 수 없었다.
그는 나에게 필요한 것과는 다른 무언가를 추구하고 있었다.

하지만 그와 함께하는 길은 단 하나였다.

내가 이미 깊이 빠져 버린 이 싸움에서 도망칠 수 없다면, 이제 그와 함께 더 깊숙이 빠져야 할 순간이 다가온 것만 같았다.

시온은 잠시 침묵을 지킨 뒤,
담배를 하나 꺼내 피우며 차분하게 말을 꺼냈다.

"담배 사업을 시작하자. 담배가 좋을 것 같다. 마약처럼 불법적인 것보다, 일반적으로 사람들이 많이 소비하는 상품이 더 나을 수 있다. 더 큰 시장이 열려 있지."

그의 눈빛이 반짝이며, 이내 그가 떠올린 계획을 설명하기 시작했다.
"내가 아주 넓은 땅을 알아볼 거야. 시골 쪽에 넓은 땅을 확보해서, 담뱃잎을 초대량으로 심어 재배하는 거지. 그 후, 담배를 포장하고 판매하는 방식으로 사업을 이끌어 가자. 너가 했던 마약 사업처럼 말이다."
그의 목소리는 여전히 차갑고, 거기엔 어떤 확신이 담겨 있었다.

"너는 이 모든 메커니즘을 도맡아 하면 돼. 재배부터 포장, 유통까지 전부 네가 맡고, 우리가 그 시장을 장악하면 되는 거지."

나는 그가 말하는 사업의 규모와 방식에 대해 잠시 생각에 잠겼다.

담배 사업.
마약과는 다르지만 역시 사람들이 끊임없이 소비할 수밖에 없는 상품.

그가 말하는 메커니즘이 낯설지 않았다.
이미 내가 경험한 방식과 비슷했기 때문에,
내가 이 사업을 잘 이끌어 갈 수 있다는 확신도 들었다.

하지만 나에게 남은 선택지는 이 길을 가거나, 더 깊은 난관에 빠지는 것뿐이었다.
나는 한숨을 내쉬며 내 입을 열었다.
"알았어. 너 말대로 해 보자. 내가 맡을 수 있는 일이라면 뭐든지 하겠다. 너가 구한 시골 땅에 담배 재배하고 포장해서 팔면 되는 거지?"

시온은 미소를 지으며 고개를 끄덕였다.

"그래. 네가 그렇게 말하니 기쁘군."

그렇게 난 그와 함께하는 길을 선택했다.

'휴…'

도윤의 재기 (4)

다음 날, 나는 아침부터 시온에게 찾아갔다.
어젯밤에 우리가 나눈 대화가 계속 머릿속을 맴돌았다.

결국 우린 담배 사업을 시작하기로 마음먹었고,
이제 그 첫걸음을 내딛을 차례였다.

시온은 나를 만나자마자,
곧바로 준비된 계획대로 움직였다.
우리는 차를 타고 시골로 향했다.
그가 말했던 대로, 시골의 땅을 매수하러 가는 길이었다.

'양주'라는 이름의 작은 마을을 지나며 나는 이곳이 우리가 생각하는 대로 적합한 장소일까 걱정이 되기도 했

지만,

시온은 확신에 찬 표정이었다.

"이 땅은 우리가 원하는 모든 조건을 충족시킬 수 있어. 이제 이곳을 내 것으로 만들면 된다."

그의 말에 나는 단순히 고개를 끄덕였다.

땅을 매입하는 건 우리에게는 꽤나 중요한 결정이었다.

우리가 여기서 시작하는 사업이 어떻게 될지,

어떻게 변할지는 아무도 알 수 없었지만,

한 가지 분명한 건 이제 이 땅이 우리의 미래와 깊이 연결될 거라는 점이었다.

우리는 그렇게 농가 땅을 매입하기 위해, 양주의 작은 부동산 중개업소를 찾아갔다.

이미 전화로 약속을 해서 그런지 부동산 중개업자와 땅의 주인이 함께 있는 모양이었다.

그들은 우리를 보고 일단 상냥하게 맞아 주었다.

하지만 그들의 얼굴에는 비즈니스적인 표정이 가득했다.

그들과 인사를 나눈 후, 시온은 자신이 알아본 땅을 물었다.

땅의 크기는 오만 평, 약 165,000 제곱미터 정도였다.

"얼마죠?"

시온이 물었다.

중개업자는 웃으며 대답했다.

"하하… 금화 만 닢 정도 합니다."

'헉. 만 닢… 엄청 비싸군.'

금화 일만 닢이면 집을 무려 25채를 살 수 있는 돈이었다.

이후 시온과 그들의 대화는 표면적으로만 흘러갔다.

"이 땅은 정말 좋은 곳이군요. 넓고, 위치도 괜찮고. 하지만 가격이 좀 너무 비싸지 않나요?"

시온이 말하며, 부동산 중개업자와 땅 주인의 표정을 자세히 살폈다.

그들은 잠시 당황한 기색을 보였지만,
금세 평정심을 되찾고 말했다.
"아, 그 부분은 조금 더 협상이 필요하긴 하지만, 이 땅은 사실 꽤 귀한 자원입니다. 값어치가 있습니다."

시온은 그의 말을 흘려듣고, 더 강하게 밀어붙였다.
"그렇죠. 하지만, 저는 이 땅을 장기적으로 사용할 생각이기 때문에, 가격이 너무 부담스러우면 다른 대안을 생각해야 할지도 모르겠군요."
이 말을 들은 그들은 살짝 당황한 눈치였지만,
시온은 이미 그들에게 심리적인 압박을 가하고 있었다.

한참이 지나자,
이제 시온은 자신만의 방법으로 거래를 이끌어 가고 있었다.
그는 부동산 중개업자의 말을 하나하나 잘라 내며, 말했다.

"그럼 이건 어떨까요?"

시온은 입꼬리를 올리며 대답했다.

"저희는 이 땅으로 담배를 재배하는 큰 프로젝트를 진행할 겁니다. 당신은 이 땅의 소유권을 제게 넘기되, 이 땅에서 사업을 시작한 뒤 일정 비율의 지분을 나눠 드리겠습니다. 이렇게 되면, 당신들도 이 땅에서 큰 이득을 볼 수 있죠."

땅 주인은 당황했지만,

시온이 제시한 조건을 들으면서 마음속으로 계산을 시작했다.

"담배 사업이라… 확실하긴 하군요. 지분은 얼마나 되는 건가요?"

"이 땅이 가지는 가치는 단순히 땅 자체의 가치가 아니라, 그 위에서 우리가 펼칠 사업의 규모에 따라 결정될 겁니다. 그래서, 지분을 나누자는 것이죠. 땅을 매각하는 것이 아니라, 투자자로서 이 사업에 참여하는 겁니다."

시온은 여전히 차분한 태도로 땅 주인의 반응을 기다렸다.

그가 제시한 계획이 지나치게 매력적이었기 때문에,
땅 주인은 잠시 고민한 후 결국 고개를 끄덕였다.

"알겠습니다. 그럼, 계약서에 그런 내용을 명시하면 되는 거군요."

시온은 미소를 지으며 말했다.
"네, 정확히 그렇게 진행하면 됩니다. 사업이 성공하면, 그때 계약을 다시 정리할 수 있겠죠. 지금은 일단 땅의 소유권만 넘기세요."

부동산 중개업자는 어쩔 줄 몰라하는 눈치였다.
결국, 땅 주인은 계약서에 서명하고,
시온은 땅의 소유권을 손에 넣었다.

땅의 가격은 물론, 어떠한 직접적인 금액도 없었다.
대신 땅 주인은 '미래의 투자자'라는 명목으로 땅의 일부 지분을 가지게 될 것이었다.

하지만 실제로는 그 지분은 아무 의미가 없어질 것만 같았다.

시온은 계약서를 건네받으며 기쁘게 웃었다.
"좋아요. 이제 모든 준비가 끝났습니다."

난 그렇게 시온과 돌아와 그와 카페에 마주앉아 그가 계획한 담배 사업의 모든 전개에 대해 한참을 들었다.

난 이제 그가 원하는 것을 정확히 알았다.
또 그가 지금 하는 사업이 어떤 방향으로 갈지, 얼마나 거대한 일인지도 동시에 느껴졌다.
이건 새로운 권력이자 새로운 시장을 만들어 내는 일이었다.

도윤의 재기 (5)

다음 날,
나는 그가 준비해 준 가방을 열어 안을 확인했다.
안에는 빽빽한 다발의 담뱃잎이 곱게 정리되어 있었다.
나는 잎사귀들을 손으로 집어 들었다.
부드러운 잎맥이 손끝을 스치자, 미묘한 향이 코끝을 자극했다.

이것이 바로 돈이었다.
나의 새로운 사업이자, 이 세상을 뒤흔들 '기회'였다.

며칠 후, 나는 시온과 계약했던 땅으로 나섰다.
이곳은 오랫동안 방치된 땅이었다.
토질이 좋다고 볼 수는 없었지만, 문제 될 것은 없었다.

왜냐하면, 담배는 강한 작물이었다.

거친 환경에서도 뿌리를 내리고, 강한 향과 맛을 만들어 내는 식물이니까.

나는 계약서를 확인하며 농장을 둘러보았다.

'50,000평이 조금 넘는 땅….'

생각보다 넓었다.

그러나 이 정도 규모는 되어야 했다.

우리는 단순히 담배를 키우는 것이 아니라,

'시장 자체를 만들어야' 하니까.

농장이 준비되었으니, 이제는 일할 사람들을 모아야 했다.

나는 양주라는 도시의 빈민가로 가서,

일자리를 찾는 사람들을 불러 모았다.

"일하고 싶은 자들은 나와라!"
나는 은화를 손에 쥐고, 목소리를 높였다.
"한 달 일하면, 너희가 벌던 돈의 세 배를 줄 것이다!"

그 순간, 술집과 시장 골목에서 사람들의 눈이 나를 향했다.
굶주린 눈빛, 절박한 얼굴들.
나는 그들을 보며 속으로 웃었다.

'이제부터 너희는 내 담배를 키울 사람들이야.'
몇몇은 처음엔 의심했지만,
은화를 조금씩 쥐어 주니 돈을 만져 보고는 농장으로 따라 나섰다.

나는 빈민가에서 노동자들을 모은 후,
이제 농장을 체계적으로 운영할 수 있는 전문가가 필요하다는 걸 깨달았다.

아무리 담배가 강한 작물이라 해도,

제대로 키우지 않으면 상품 가치가 떨어질 것이 뻔하기 때문이다.

그렇다면…
이미 농사를 지어 본 사람들을 데려와야 했다.

나는 다시 차를 타고 외곽 마을로 나섰다.
이곳은 곡식 농사가 주를 이루는 마을이었다.
쌀과 보리, 감자를 재배하는 넓은 들판이 보였다.

나는 농부들이 일하는 모습을 유심히 바라보며,
적당한 사람을 골라야 한다고 생각했다.

나는 땅을 갈고 있던 한 농부에게 다가가 말을 걸었다.
"어이, 농부."

그는 삽질을 멈추고 천으로 이마를 닦으며, 경계하듯 물었다.
"누구십니까?"

"나는 저 옆에 오만 평 땅을 매입했고 새로운 농장을 운영할 사람이다. 그런데 곡식 농사가 아니라, 담배 농장을 시작하려 하오."

그의 얼굴에 미묘한 표정이 떠올랐다.
"담배라…? 귀족들이나 즐기는 사치품 아닌가요?"
나는 씩 웃으며 대답했다.
"맞다. 하지만 곧, 귀족들만 즐기는 것이 아니게 될 것이야."

그는 여전히 의심스러운 눈빛으로 나를 바라보았다.
쌀과 보리를 키워 온 농부들에게 담배 농사는 익숙하지 않은 일인 모양이었다.

하지만 나는 이미 답을 알고 있었다.

"자네, 쌀과 보리를 키운 지 얼마나 됐나?"
내가 묻자 농부는 깊게 숨을 들이마시더니 거칠어진 손바닥을 펼쳐 보이며 대답했다.

"태어나서부터 농사를 지었으니, 한 삼십 년은 됐을 겁니다."
"그럼 알겠군. 땅이 어떤 성질을 가지는지, 수확을 언제 해야 하는지도."
그는 살짝 고개를 끄덕였다.

"그렇다면, 담배도 다르지 않을 거다."
나는 천천히 말을 이어 갔다.

"담배는 강한 작물이다. 비록 자네가 키워 본 적 없을지 몰라도, 쌀이나 보리보다 수확 주기가 짧고, 관리만 제대로 하면 곡식보다 더 높은 수익을 보장할 수 있지."

농부는 여전히 망설이고 있었다.
나는 주머니에서 은화 열 닢을 꺼내 그의 손에 쥐어 주었다.
"이건 단순한 선금이다. 일주일만 일해 보고 결정해라."
"아니 이 거금을 단순한 선금으로 준다고?"
그의 목소리에는 의심과 놀라움이 섞여 있었다.

나는 미소를 지으며 덧붙였다.

"나는 자네 같은 사람이 필요하네. 경험이 있는 농부라면, 우리가 처음부터 땅을 일구는 시간을 절약할 수 있거든. 쌀 대신 담배를 키우면 된다. 곡식을 기르듯이, 담배도 키울 수 있어."

그는 손에 쥔 금화를 한참 내려다보다가 이마를 긁적였다.
그리곤 한숨을 내쉬며 나를 올려다봤다.

"알겠소. 한번 해 보지."

나는 그와 악수를 나누었다.
그 악수를 시작으로, 나는 마을 곳곳을 돌아다니며 숙련된 농부들을 한 명씩 스카우트했다.

분명 어떤 이는 망설였지만, 돈 앞에서 흔들리지 않는 농부는 없었다.

어느덧 열 명이 넘는 농부들이 내 농장에서 일하기로 결정했다.

나는 그들과 함께 농장으로 향했다.

농장에 도착하자, 빈민가에서 모집한 노동자들이 삽과 괭이를 들고 땅을 갈고 있었다.

하지만 그들의 움직임은 엉성했다.

쌀이나 보리를 키우던 농부들이 보기에는 더욱 그랬을 것이다.

"이봐! 괭이는 그렇게 잡으면 안 돼!"

한 농부가 땅을 고르고 있던 젊은 노동자의 손에서 괭이를 빼앗으며 말했다.

"이렇게 각도를 조절하면서 파야 뿌리가 잘 내린다고!"

다른 농부도 말을 보탰다.

"그리고 물을 너무 많이 줬어. 담배는 물을 많이 필요로 하지 않소. 이러면 뿌리가 썩어 버린다고."

나는 천천히 미소를 지었다.

내가 원하던 그림이 바로 이거였다.

'숙련된 농부들이 노동자들을 가르치고, 체계를 잡아가는 것.'

절로 웃음이 나왔다.

도윤의 재기(7)

며칠이 지나자, 농장 곳곳에서 작은 변화가 일어났다.
처음에는 삽질도 제대로 하지 못하던 노동자들이 점차 능숙해지기 시작했다.
담배 묘목이 하나둘 땅에 심어졌고,
농부들은 그 위에 얇은 천을 덮어 온실 효과를 만들었다.

"이제 조금만 기다리면 뿌리를 내릴 거요."
한 농부가 만족스럽게 땅을 바라보며 말했다.

나는 그의 어깨를 가볍게 두드렸다.
"좋아. 자네들이 맡아서 키워라."
농부들은 서로를 바라보며 고개를 끄덕였다.

나는 농장 한가운데 서서, 푸르게 펼쳐진 담배 잎들을 바라보았다.

 이것이 나의 재기의 시작이었다.

 이 작은 잎사귀들이, 머지않아 내 손에 부와 권력을 가져다줄 것이라 믿어 의심치 않았다.

 나는 가방에서 담뱃잎 한 장을 꺼내 손끝에서 문지르며 중얼거렸다.

 "곧, 이 시장을 지배할 것이다."

 며칠이 더 지나고,

 농장은 이제 제대로 된 담배 농장의 모습을 갖추기 시작했다.

 연한 초록빛이었던 묘목들은 햇볕을 머금고 짙은 녹색의 담배 잎으로 자라났다.

 곳곳에서 농부들이 담배 잎을 손으로 만져 보며 만족스러운 표정을 짓고 있었다.

 "이 정도 크기면, 이제 곧 첫 수확을 할 수 있겠소."

숙련된 농부 중 한 명이 내게 말했다.

나는 고개를 끄덕이며 손에 담뱃잎을 하나 집어 올렸다.

단단하면서도 부드러운 감촉.

잎맥 사이에서 흐르는 미묘한 향.

절로 미소가 지어졌다.

나는 주머니에서 작은 칼을 꺼내 담뱃잎의 일부를 잘라 내며 중얼거렸다.

"좋아. 곧 첫 수확을 시작하자."

농부들은 서로를 바라보며 기쁨에 찬 얼굴로 고개를 끄덕였다.

이제 담배는 완전히 뿌리를 내렸다.

그리고, 이것을 시장에 풀 차례였다.

난 곧바로 도시로 돌아와 시온을 만났다.

그는 한적한 귀족들의 술집에서 와인을 홀짝이며 악

수를 하고 있었다.

시온은 그들과 담배 유통에 관한 이야기를 하고 있었던 모양이었다.

고급스러운 샹들리에 아래에서,

그의 옷깃엔 이전과 다른 세련된 분위기가 흐르고 있었다.

그는 나를 보더니 피식 웃으며 와인잔을 내려놓았다.
"드디어 돌아왔군. 농장은 어때?"
나는 미소를 지으며 그의 맞은편에 앉았다.

"완벽하지. 이제 곧 첫 수확이 시작된다."
시온은 흥미롭다는 듯 고개를 끄덕이며 내 앞의 와인잔을 채워 주었다.

"그럼 이제 다음 단계로 넘어가야겠지."
그는 와인잔을 흔들며 덧붙였다.

"음? 어떻게?"
내가 물었다.

"이미 생각해 둔 게 있지."
시온이 눈썹을 살짝 치켜올렸다.

"오? 듣고 싶군."
나는 천천히 술잔을 내려놓으며 말했다.

"지금 담배는 귀족들의 사치품이다. 귀족들이 원하고, 귀족들만 즐길 수 있지. 그래서 방법이 있어."
맞는 말이었다.

"그래서 어떻게 한다고?"
그는 피식 웃으며 말을 이어 갔다.
"그렇다면 방법은 하나지. 모든 이들에게 담배를 '필수품'으로 만들어야 해."

귀족들이 사용하는 담배는 오랫동안 소수의 특정 가

문이 독점하고 있었다.

그들은 담배를 일부러 소량만 생산하고,

귀족들 사이에서 비밀스럽게 거래하며 '사치품'으로 유지하고 있었다.

그 시장에 우리가 들어가려면, 기존의 질서를 깨야 했다.

"그래서, 어떻게 하는 게 좋겠나?"

시온은 여유롭게 미소를 지었다.

"간단하지. '우리가 직접 공급하는 새로운 유통망'을 만들면 돼."

"우리가 직접 공급하는 유통망을 만든다고 해도, 귀족들은 이미 익숙한 담배를 선호할 거야. 우리 것이 특별하다고 해도, 쉽사리 넘어오지 않겠지."

시온은 여유롭게 술을 한 모금 마시더니, 조용히 웃으며 말했다.

"그래서, 그걸 해결할 방법이 있지."

나는 그를 바라보았다.

"무슨 방법인데?"
그는 천천히 술잔을 내려놓으며 말했다.

"담배 가격을 확 낮출 거야."
나는 눈썹을 살짝 찌푸렸다.
"가격을 낮춘다고?"

"그래. 아주 많이 낮출 거야. 지금 귀족들이 사는 담배는 어때?
 값비싸고, 일부러 귀족들만 손에 넣을 수 있도록 만들어졌지."

나는 천천히 고개를 끄덕였다.
"맞아. 일부러 생산량을 제한해서, 시장에서 귀한 물건으로 취급되도록 했으니까."
시온은 씩 웃으며 말을 이었다.

"우리는 반대로 가는 거야. 담배를 모든 인간이 살 수 있을 만큼 싸게 풀어 버리는 거지."

나는 그의 말을 곱씹었다.

"그렇게 되면 귀족들이 반발할 수도 있지 않겠나?"
시온은 손가락을 튕겼다.

"그래서 더 좋은 거야. 귀족들이 반발할수록, 담배가 '일반적인 것'이 되어 버리는 속도는 더 빨라질 거다."

나는 술잔을 들어 한 모금 마시며 생각했다.
그의 말대로라면, 담배는 더 이상 '귀족들의 전유물'이 아니게 될 것이다.

나는 술잔을 내려놓으며 중얼거렸다.
"귀족들이 독점하던 시장을, 이제 서민과 노동자들도 누릴 수 있도록 만든다…"

시온이 씩 웃었다.
"그렇지. 담배를 '고급 기호품'이 아니라, 모든 인간이 즐기는 '일반적인 소비재'로 만들어 버리는 거야."

'아…'

그의 눈에는 광기가 서려 있었다.

사람의 눈을 보고 무서웠던 적은 단연코 처음이었다.

며칠 후, 나는 시온과 직접 농장으로 향했다.

농장은 이미 담뱃잎 수확이 한창이었다.

노동자들은 커다란 바구니에 푸릇푸릇한 담뱃잎을 가득 담아 창고로 옮기고 있었다.

숙련된 농부들은 잎의 상태를 하나하나 점검하며 선별하고 있었고,

햇볕 아래 널어 둔 담뱃잎들은 서서히 마르면서 고유의 진한 향을 풍겼다.

우리는 차에서 내려 농장 한가운데 서서,

바람에 흔들리는 담뱃잎들을 바라보며 미소를 지었다.

"드디어, 때가 됐군."

시온이 피식 웃으며 말했다.

"그렇지. 우리가 만든 담배가 곧 시장을 장악하게 될

거야."

 우리는 계속해서 농장을 돌아다니며 수확된 담뱃잎을 직접 확인했다.

 건조 과정에 있는 것들, 이미 잘게 썰어 포장 준비를 마친 것들.

 나는 작업 중이던 농부들에게 다가갔다.
 "모두 수고했다. 이제부터 본격적으로 출하 준비에 들어간다."
 농부들이 환호하며 일을 계속하자, 시온이 내 옆에서 낮은 목소리로 말했다.
 "이제, 유통망으로 보낼 준비를 해야겠군."
 나는 고개를 끄덕였다.

 "오늘부터 바로 출하한다."

도윤의 재기 (8)

우리는 수확된 담배를 대량으로 포장했다.
담뱃잎을 적당한 크기로 다듬고,
잘게 썬 후 가장 저렴하게 포장하기 위해,
종이로 말아 완제품으로 만들었다.

하지만 우리는 기존 담배와 획기적인 차별점을 두었다.

기존 귀족 담배 한 갑이 은화 5닢이었다면,
우리는 은화 1닢의 가격으로 책정했다.

우리는 도시 곳곳으로 담배를 실은 트럭을 보냈다.
대장간, 시장, 선술집, 심지어 길거리에까지.

그리고 단순히 판매하는 것이 아니라,
아예 일부는 무료로 나눠 주기로 했다.

"공짜로 담배를 나눠 준다고?"
내가 묻자, 시온은 웃으며 대답했다.

"그래. 사람들에게 먼저 '이게 뭔지' 경험하게 만들어야 하거든."
시온은 피식 웃으며 말했다.

"담배를 공짜로 주면 다들 미쳐 버리겠군."

며칠 전 분명 딱 한 번만 피워 보자고 결심했던 내가 지금도 담배를 피우고 있는 걸 보니 더더욱 확신이 들었다.

"그렇지. 한 번 맛보면 다시 찾을 거야."

우리는 도시 한복판에서 무료로 담배를 나눠 주었고, 담배를 처음 접하는 사람들을 지켜보았다.

무료로 받은 담배를 피운 사람들은 처음에는 의아해했지만,
 곧 입가에 미소를 지었다.

"이거… 생각보다 괜찮은데?"
"기존 담배랑 비슷한데, 이건 우리도 살 수 있잖아!"
"이게 은화 1닢이라고?"
사람들의 표정이 변하는 걸 보며, 나는 확신했다.

"우리는 성공했다."

며칠 만에, 우리 담배는 폭발적인 반응을 일으켰다.
길거리에선 우리 담배를 찾는 사람들이 넘쳐났고,
시장 상인들은 담배를 더 달라고 아우성이었다.
"공급 좀 늘려 줘! 이거 하루 만에 다 팔렸다고!"

선술집에서는 사람들이 모여 앉아
 담배를 피우며 대화를 나누는 것이 새로운 문화가 되어 가고 있었다.

심지어 기존 귀족 전용 담배를 팔던 일부 가게들조차,
"이제 이걸 팔아야겠다."며 우리 담배를 찾기 시작했다.

나는 시온과 함께 시장을 돌아다니며,
담배를 피우는 사람들이 급격히 늘어나는 모습을 지켜보았다.

시온은 놀라움을 감추지 못하며 웃었다.
"하하! 우리가 뭘 만들어 냈는지 보라고."

나는 천천히 미소를 지으며 대답했다.

"이제 담배는 더 이상 귀족들의 전유물이 아니야. 이제, 모든 인간이 피울 수 있는 시대가 온 거지."

그렇게 우리는 대량 생산된 담배를 빠르게 시장에 퍼뜨렸다.
생산량이 늘어날수록,
우리에게 들어오는 돈의 양도 기하급수적으로 늘어났다.

한 달도 채 지나지 않아,
나는 테이블 위에 쌓인 금화 주머니들을 보며 만족스럽게 웃었다.

우리는 그렇게 담배 시장을 완전히 장악했다.
귀족들조차도 결국 우리 담배를 찾게 될 것이고,
기존의 담배 독점 가문들은 우리를 막을 방법이 없었다.
이제, 우리는 담배를 단순한 호화 상품이 아니라, '필수품'으로 만들어 버렸다.

나는 담배 한 개비를 손에 들고 천천히 불을 붙였다.
연기가 천천히 피어오르는 걸 바라보며,
작게 중얼거렸다.

"드디어 내 삶이 돌아왔군."
부를 되찾고, 사업 성공을 통해 얻은 지위와 대우는 성공적이었다.

하지만, 아직 부족했다.

우리는 더 많은 시장을 개척해야 했다.

나는 창밖을 바라보며 중얼거렸다.
"이제, 다음 단계로 가야겠군."
시온을 불러야 할 때였다.

그가 우리 집에 오자 나는 천천히 미소를 지으며 말했다.
"시온, 이번엔 네 차례다."

-도윤의 재기 〈끝〉-

계약의 파기 (1)

 벌써 벨라시오와 계약을 한 지 어언 네 달.
 정신을 차려 보니 난 고작 세 달 만에 도윤을 몰락시키고 감옥에 처넣었으며,
 다시 또 그를 꺼내어 같이 담배 사업을 시작해 부자가 되어 있었다.

 '휴…'
 아무리 사업이 성공적인 결과를 가져와도,
 원하는 것을 모두 이루었어도,
 공허했다.
 그 공허함은 마치 허공을 떠도는 먼지 같았다.
 손에 쥐어지는 것이 없고, 마음에 남는 것도 없었다.
 돈이 쌓여도, 명예가 붙어도, 아무 의미가 없었다.

매일 아침 눈을 뜨면 숨은 쉬고 있었지만,
살고 있다는 느낌은 들지 않았다.
웃음은 있었지만, 기쁨은 없었고
말은 했지만, 마음은 항상 침묵 속에 갇혀 있었다.
모든 것이 허울뿐인 껍데기 같았다.

하지만 가만히 앉아 있을 수도 없었다.
계약 이후, 벨라시오의 영향인지 생각이 점점 달라지고 있었다.
가만히 멈춰 있으면 안 된다는 강박,
누군가를 더 타락시켜야 한다는 조급함이 마음 깊숙이 자리 잡고 있었다.

나는 담배를 추가 유통하기 위해 새로운 지역, 부천으로 향했다.
부천은 우리가 처음 담배를 풀었던 서울과는 전혀 달랐다.

더 보수적이고, 귀족과 상인들의 이해관계가 깊이 얽

혀 있는 곳.

무엇보다, 담배를 '비싸고 위험한 것'이라며 멀리하는 분위기가 강했다.

마치 마약처럼 말이다.

하지만 그런 거야말로, 내가 바꾸고 싶은 것들 중 하나였다.

우리는 이미 가장 큰 도시, 서울을 장악했다.

이제 더 넓은 곳으로 퍼질 차례였다.

차를 끌고 부천의 중심지로 들어서자,
도시 한복판에는 상점들이 늘어서 있었고,
사람들은 시장을 오가며 물건을 사고 있었다.

도시는 변화했지만, 어딘가 정체되어 있었다.
새로운 변화를 받아들이길 두려워하는 듯한 분위기.

이곳의 귀족들과 상인들은 철저히 자신들의 방식에 갇혀 있는 듯했고, 담배 같은 새로운 시장이 들어올 여지를 원천 봉쇄하고 있었다.

"이대로라면 담배는커녕, 장사조차 제대로 시작할 수 없겠군."
나는 조용히 한숨을 내쉬며 주변을 둘러봤다.

그때, 한 상점이 눈에 띄었다.
아무리 걸어도 사람들의 발길이 끊이지 않는 곳.

가게 앞에는 비싼 자동차들이 줄지어 서 있었고,
귀족뿐만 아니라 부유한 상인들까지 모여 있었다.

"여기가 부천에서 가장 영향력 있는 가게인가 보군."
나는 자연스럽게 가게 간판을 올려다봤다.

〈하연 상회〉
어제 술집에서 귀족에게 돈을 주고 얻어 낸 정보에 따르면,
하연 상회라는 상점이 부천에서 가장 큰 상점이며,

그곳의 사장인 하연이라는 사람이 가장 유명한 장사꾼이라고 한다.

이곳이 바로 부천의 상업을 좌지우지하는 중심…
"흥미롭군."
나는 천천히 상점 안으로 걸어 들어갔다.

안으로 들어서자, 고급스러운 실내 장식이 눈길을 사로잡았다.
비단과 도자기, 각종 진귀한 물품들이 정갈하게 진열되어 있었다.
공기조차 귀족적인 향으로 가득했다.

그리고, 그녀가 있었다.
가게 한쪽에서 손님과 대화를 나누고 있는 여인.
단아하지만 날카로운 분위기를 지닌 인물.
흑단처럼 매끄럽고 빛나는 머리카락.
길고 가느다란 눈매에는 신뢰와 단호함이 공존하고 있었다.

그녀는 마치 정제된 보석처럼 나의 시선을 사로잡았다.

'저 여자가 하연인가?'
예상했던 것과 그녀는 너무 달랐다.
무겁고 냉정한 인물일 줄 알았건만,
그녀는 생각보다 훨씬 젊고,
무서울 만큼 아름다웠다.

나는 자연스럽게 시선을 돌리며 그녀를 관찰했다.
그의 행동과 표정에 홀리듯 빠져들었다.

그녀와 손님의 대화가 끝나자 내가 다가갔다.
"안녕하세요. 저는 서울에서 담배 사업을 하는 시온이라고 합니다."

"아, 네."
그녀는 관심 없다는 듯 얼굴을 힐끗 보고는 다른 곳을 바라보며 대답했다.

"하연상회에서 저희 담배를 판매하는 게 어떨까 합니다."
내가 물었다.

"이곳에선 담배 같은 물건은 취급하지 않습니다."
하연이 내게 단호하게 말했다.
"그리고 앞으로도 그럴 겁니다."

나는 속으로 미소를 지었다.
'재밌군.'

나는 일부러 여유로운 미소를 지었다.
"이곳에서는 앞으로도 담배를 취급하지 않을 거라고 하셨죠?"
하연은 차갑게 고개를 끄덕였다.

난 주머니에서 금화 세 닢을 꺼내어 그녀에게 보여주었다.
"금화 세 닢을 선금으로 드려도 담배를 안 파실 건가요?"
"괜찮습니다, 저희 가게에는 그런 물건을 들여와선 안

돼요."

"그런 물건이라… 꽤 강하게 거부하시네요."

나는 그녀를 유심히 바라보았다.
고집스러운 성격.
하지만 감정이 배제된 단순한 거부가 아니었다.

"이유를 들어 봐도 될까요?"
나는 다정한 말투로 물었다.

하연은 피곤하다는 듯이 한숨을 쉬며 대답했다.
"담배는 결국 사람을 해칩니다. 그런 물건을 저희 가게에서는 판매하지 않을 겁니다."

나는 그녀의 반응을 떠보기 위해 한마디를 던졌다.
"하연 상점주께서는 담배에 대해 잘 아시는군요."
나는 천천히 웃으며 말했다.
"혹시 담배를 피워 보신 적이라도?"

"그럴 리가요."
그녀는 단호하게 고개를 저었다.

나는 천천히 고개를 끄덕였다.
"그렇군요."
하연은 여전히 단호한 태도로 나를 바라보고 있었다.

나는 그녀를 설득하는 것이 쉽지 않으리라는 것을 깨달았다.
그녀가 단순히 사업적인 이유로 담배를 거부하는 것이 아니라,
그녀 나름의 신념이 있는 것 같았다.
이런 사람을 강제로 설득하려 했다가는 오히려 거부감만 커질 터였다.

나는 피식 웃으며 자리에서 일어났다.
"담배를 취급할 의사가 없으시다면 강요할 생각은 없습니다."
나는 그녀의 시선을 정면으로 마주 보았다.

"하지만 부천에도 저희 담배로 인해 곧 큰 변화가 올 겁니다."

하연은 내 말에 흔들림 없이 대답했다.
"변화가 와도, 제 가게는 변하지 않을 겁니다."

상점 밖으로 나온 나는,
천천히 골목을 걸으며 손을 주머니에 찔러 넣었다.
거절당한 기분이 썩 좋지는 않았다.
마치 고백에서 차인 기분이었다.

그렇다고 포기할 생각은 없었다.
'참… 담배를 팔아야 돈이 될 텐데. 멍청한 여자군.'
나는 그렇게 생각하면서도,
그녀의 모습이 계속해서 떠올랐다.
단순히 내 사업을 반대했기 때문이었을까?
아니면…

나는 문득,

그녀가 나를 쳐다보던 눈빛을 떠올렸다.
강한 신념을 가진 눈.
그저 사업적인 계산만 하는 상인이 아니라,
자신의 기준과 가치관을 지키기 위해 움직이는 사람.
그녀가 점점 궁금해졌지만, 이내 마음을 추슬렀다.

문득 어제 술집에서 들었던 다른 정보가 떠올랐다.
귀족이 말하길, "하연 상회가 가장 크긴 하지만, 그보다 유연한 상인들도 많아. 예를 들면 '동화 상회' 같은 곳은 조건만 맞으면 뭐든 팔 거야."
나는 자연스럽게 발걸음을 돌려 시장 한편에 자리한 동화 상회로 향했다.

동화 상회는 하연 상회보다 규모는 작았지만,
활기차고 상업적인 분위기가 물씬 풍겼다.

문을 열고 들어서자, 상점 안은 손님들로 북적이고 있었다.
곳곳에 놓인 나무 선반에는 온갖 잡화와 물건들이 빼

곡히 쌓여 있었다.

"어서 오십시오!"
입구에서 한 점원이 활기찬 목소리로 인사를 건넸다.
나는 가볍게 고개를 끄덕이며 안쪽을 둘러보며 말했다.
"혹시 사장님이 계신가요?"
"네! 잠시만요!"

곧 한 남자가 다가왔다.
넉넉한 배와 두툼한 손,
볼에는 세월의 주름이 깊게 패였고 턱과 입가에는 덥수룩한 수염이 가득했다.

마치 동네의 친근한 아저씨를 연상케 하는,
그가 바로 동화 상회의 주인, 장 사장이었다.

"손님, 처음 뵙는 얼굴인데 어디서 오셨소?"
그는 두 손을 비비며 반갑게 웃었다.

"서울에서 왔습니다. 물건 유통에 대해 이야기해 보려고 왔죠."

장 사장은 눈을 빛내며 내 손을 덥석 잡았다.
"오호, 서울에서 오셨다니! 우리 같은 지방 상인들한테 좋은 물건을 소개해 주시는 건가요?"
나는 자연스럽게 이야기를 꺼냈다.
"혹시, 담배를 취급해 보실 생각은 없으십니까?"

나는 미소를 지으며 주머니에서 담배 한 개비를 꺼냈다.
"이겁니다. 서울에서 이미 유행하고 있죠. 부천에도 곧 퍼질 겁니다."

장 사장은 관심을 보이며 담배를 집어 들었다.
"이거… 귀족들 사이에서만 돌던 담배 아닙니까?"
"맞습니다. 하지만 저희가 만든 담배는 더 이상 귀족들만의 전유물이 아니죠. 고작 은화 한 닢에 제공해 드리겠습니다."

장 사장은 내 말에 감탄하며 고개를 끄덕였다.
"하하! 아주 좋은 생각입니다. 제가 볼 땐 이 물건, 대박 날 것 같은데요?"

나는 속으로 미소를 지었다.
'역시 이쪽은 말이 통하는군.'

그는 나를 안쪽으로 안내하며 말했다.
"이야기가 길어질 것 같으니, 안으로 들어가시죠. 차라도 한잔 대접해야겠습니다."
나는 흔쾌히 따라갔다.

하연 상회와는 정반대의 분위기.
이곳에서는 거래가 훨씬 수월할 것이 분명했다.

안쪽의 응접실은 예상보다 넓고 깔끔했다.
장 사장은 손수 차를 내오며 내 앞에 앉았다.
"자, 이제 본격적으로 이야기해 봅시다. 자세한 조건이 어떻게 됩니까?"

나는 여유롭게 차를 한 모금 마신 후,
침착하게 대답했다.
"간단합니다. 은화 한 닢에 담배 한 갑을 드리겠습니다. 다 팔렸을 때 전화 주시면 배송해 드리겠습니다."

"음… 좋은데요."
장 사장은 흥미롭다는 듯 턱을 어루만졌다.
"우리는 귀족들이 팔던 담배보다 훨씬 저렴한 가격으로 제공합니다. 이제 담배란 것은 사치품이 아니라, 누구나 살 수 있는 기호품이 될 테니까요."

"그렇다면 공급량은 어느 정도 가능합니까?"

나는 자신 있게 대답했다.
"충분합니다. 우리는 이미 담배 농장을 운영하고 있고, 생산량을 계속 늘려 가고 있습니다."
"그럼 일단 얼마나 구매해 볼까요?"
그가 물었다.
"일단 이천 갑 가져왔으니 천 갑만 구매하세요."

그가 순간 눈썹을 치켜올렸다.
"나머지 천 갑은요?"

나는 천천히, 단호하게 말했다.
"그건 무료로 드리겠습니다."

계약의 파기 (2)

그는 놀란 표정으로 내 얼굴을 두세 번 훑었다.
속으로 계산기를 굴리는 듯한 침묵이 흘렀다.
그러다 결국, 당황한 듯 입을 열었다.

"……무료로, 전부요?"
나는 고개를 끄덕이며 계속 설명했다.

나는 그의 반응을 예상했다는 듯 부드럽게 웃었다.
"맞습니다. 대신 그 천 갑은 가게 앞에서 지나가는 사람들에게 무료로 나눠 주십시오."

그는 내 의도를 곰곰이 생각하는 듯했다.
나는 계속 설명했다.

"부천 사람들은 담배에 대한 인식이 아직 부정적입니다. 그런데 한 번이라도 피워 본다면, 생각이 바뀔 수도 있겠죠. 무료라면 한 번쯤은 시도해 볼 테니까요."

장 사장은 입꼬리를 올리며 무릎을 가볍게 쳤다.
"저 같은 장사꾼으로서는 납득할 수 없는 전략이네요."
나는 고개를 끄덕였다.

"천 갑이 사라지는 데 얼마나 걸릴까요?"

그는 고민 없이 대답했다.
"하루면 충분할 겁니다. 가게 앞에서 나눠 주면, 사람들이 관심을 가질 테니까요."
"좋습니다."

나는 테이블을 가볍게 두드리며 말했다.
"그럼 천 갑은 정상적으로 판매하고, 나머지 천 갑은 홍보용으로 무료로 푸는 걸로 하죠."

장 사장은 웃으며 고개를 끄덕였다.
"그럼 당장 사람을 시켜 무료 배포를 준비하겠습니다. 기대하셔도 좋습니다, 시온 사장님!"

나는 그가 기대에 찬 얼굴로 지시를 내리는 모습을 보며 속으로 미소를 지었다.

'이제 곧 부천에서도 담배를 피우는 사람들이 많아지겠지.'
이제 남은 건 시간이었고,
나는 이미 결과를 확신하고 있었다.

나는 그와의 거래를 마치고 숙소로 돌아왔다.
방에 들어서자마자,
코트와 조끼를 풀어헤치고 침대에 몸을 던졌다.
천장을 바라보며 한숨을 쉬었다.
"휴… 또 한 곳을 뚫었군."

모든 것이 계획대로 흘러가고 있었다.

나는 순식간에 시장을 장악했고,
이제 서울을 시작으로 부천까지 담배가 퍼질 것이다.
나로 인해 귀족들만의 전유물이었던 담배는 이제 서민들도 손쉽게 접할 수 있는 물건이 되었다.

그런데…
이상하게도, 만족스럽지가 않았다.
머릿속은 성취감으로 가득 차야 했지만, 어딘가 공허했다.

"내가 원했던 건 돈이었다. 내 손에 권력을 쥐고, 내 방식대로 시장을 장악하는 것."
그런데도, 나는 점점 무언가가 빠져나가는 느낌을 지울 수 없었다.

눈을 감자,
그녀가 떠올랐다.
하연.

단호하게 나를 거절했던 눈빛.
그 흔한 장사꾼들과는 다른 태도.
자신의 신념을 가지고 담배를 거부했던 그 모습이 자꾸만 머릿속을 맴돌았다.

나는 손으로 이마를 문질렀다.
"그녀가 뭐라고… 대체 뭐가 이렇게 신경이 쓰이는 거지?"

귀찮다는 듯 몸을 뒤척였지만,
이미 마음 한구석이 불편해져 있었다.
이제 와서 고민할 필요가 있을까?
나는 그녀를 설득하는 데 실패했고, 그녀는 내 담배를 거절했다.

이건 분명 한눈에 반한 거다.
벨라시오와의 계약 이후 내 머릿속은 차가운 사고만 남았는 줄 알았지만,
별 것도 아닌 고작 한 명의 여자에게 이렇게 혼동하는

내 모습이 아직은 인간다워 오히려 안도했다.

"젠장, 지금 이런 걸 생각하고 있을 때가 아니지."

나는 자리에서 벌떡 일어나, 옆 테이블에 놓인 술병을 집어 들어 한 모금 들이켰다.

목구멍을 타고 뜨거운 열기가 퍼졌다.

"나는 이미 돈을 벌고 있다. 부천에서도 담배는 퍼질 것이다. 이걸로 충분해."

나는 스스로에게 말하며, 술잔을 힘껏 내려놓았다.

창밖을 보니 해가 저물고 있었다.

'오늘은 그냥 자야겠군.'

술기운이 살짝 돌면서 나른한 피로감이 몰려왔다.

나는 옷도 제대로 벗지 않은 채 침대에 몸을 던졌다.

그렇게, 피곤함 속에서 생각을 지워 내듯 잠이 들었다.

계약의 파기 (3)

그로부터 며칠이 지났다.

부천에서 돌아온 이후, 나는 다시 서울에 머무르고 있었다.

장 사장과의 계약 이후 특별히 신경 쓸 일은 없었고,

나는 기존의 담배 유통망을 점검하면서 시간을 보냈다.

그동안 동화 상회에서 무료로 풀린 담배가 부천 사람들의 입에 익숙해질 시간이 필요했다.

그리고 그 효과가 서서히 드러날 무렵,

나는 장 사장에게서 소식이 오기를 기대하고 있었다.

'지금쯤이면 반응이 올 때가 됐는데…'

그렇게 며칠을 더 보내던 어느 날,
책상 위 전화기가 요란하게 울리기 시작했다.

띠- 띠- 띠-

나는 천천히 몸을 일으켜 수화기를 들었다.

"시온 사장님! 장 사장입니다!"
수화기 너머의 목소리는 흥분으로 가득 차 있었다.
나는 미소를 지으며 대답했다.
"오랜만입니다, 장 사장님. 무슨 일이십니까?"

"사장님, 이거 장난 아닙니다!"
그는 숨을 고르지도 못한 채 말을 쏟아 냈다.
"지난번에 나눠 준 담배, 기억하시죠? 사람들이 미쳤습니다!"

나는 가볍게 웃으며 물었다.
"그렇습니까? 예상보다 빠르군요."

"빠르다 못해 폭발적이에요! 담배를 한번 피워 본 사람들이 다시 찾아오기 시작하더니, 지금은 가게 앞에서 사람들이 줄을 서서 기다릴 정도라니까요!"

나는 의자에 몸을 기대며 여유롭게 물었다.
"그래서… 얼마나 필요합니까?"
장 사장은 잠시 뜸을 들이더니, 조심스럽지만 확신에 찬 목소리로 말했다.
"5만 갑, 가능합니까?"

나는 순간 손가락을 튕겼다.
'드디어 왔군.'

은화 천 닢에 금화 한 닢이다.
담배 한 갑에 은화 한 닢이니, 담배 오만 갑이면 무려 금화가 오십 닢이었다.

부천에서도 담배의 물결을 막을 수 없게 된 것이다.
나는 속으로 웃으며 침착하게 대답했다.

"물론이죠. 이미 준비해 둔 물량이 있습니다. 배달은 언제 원하십니까?"

"최대한 빠르면 좋습니다. 가게에 있는 재고가 벌써 동이 났거든요!"

나는 잠시 생각하더니 말했다.

"좋습니다. 오늘 동업자를 시켜 바로 오만 갑을 보내 드리죠. 금화 오십 닢 준비해 주세요."

"감사합니다!"

나는 피식 웃으며 대답했다.

"그럼, 장 사장님. 앞으로도 좋은 파트너가 되어 주시길 바랍니다."

전화를 끊으며, 나는 창밖을 바라보았다.

부천도 이제 내 손안에 들어왔다.

나는 그렇게 도윤에게 전화를 걸어 이 사실들을 전달하며 기분 좋게 밖으로 나섰다.

부천에서의 첫 성과.

오만 갑이라는 엄청난 주문량은,
이제 부천이라는 도시도 서울처럼 담배의 물결을 피할 수 없다는 것을 의미했다.

시장으로 향하는 거리를 걸으며 차들이 오가는 소리를 들었다.
시장 거리에는 여전히 상인들이 물건을 팔기 위해 외쳤고,
사람들은 물건을 흥정하며 오고 가고 있었다.

무엇보다 거리에 이전과 다른 변화가 있었다.
바로 사람들이 모여 있는 곳마다 연기가 피어오르고 있었던 것이다.
또 골목 곳곳에서 누군가 담배를 피우고 있었다.
심지어 길거리 한쪽에서는 어린 아이들마저 담배를 물고 한가로이 이야기를 나누기도 했다.
나는 흐뭇하게 생각하며 천천히 길거리를 걸었다.

나는 무심코 발을 내딛었고, 그 순간 내 신발 끝에 뭔

가가 닿았다.

담배 꽁초.

하나가 아니었다.
몇 걸음 더 걸을 때마다, 여기저기 바닥에 버려진 담배 꽁초들이 눈에 띄었다.

그 모든 꽁초에 붙은 것은.
다름 아닌 우리 회사의 담배 상표였다.

계약의 파기 (4)

그로부터 또다시 며칠이 흘렀다.
나는 부천에서의 상황을 보고받으며,
새로운 유통망을 점검하고 있었다.

장 사장이 말했던 것처럼, 부천에서는 담배의 수요가 폭발적으로 늘어나고 있었다.
서울에서 시작된 담배 열풍은 이제 부천에서도 똑같이 반복되고 있었다.

귀족과 상인들뿐만 아니라, 평범한 장사꾼들과 노동자들까지 담배를 손에서 놓지 않았다.

여전히 길거리를 나서면 담배 연기가 곳곳에서 피어

오르고 있었고,

  골목마다 담배를 나눠 피우는 사람들로 가득 차 있었다.

'좋아, 예상대로 흘러가고 있어.'

  나는 스스로에게 만족하며, 여유롭게 시간을 보내고 있었다.

  그러던 어느 날,

  책상 위의 전화기가 다시 울렸다.

  띠- 띠- 띠-

  나는 천천히 손을 뻗어 수화기를 들었다.

"시온 사장님! 장 사장입니다!"

  그의 목소리는 이전보다 더 흥분에 차 있었다.

  나는 미소를 지으며 가볍게 대답했다.

"또 좋은 소식입니까, 장 사장님?"

"좋은 소식이라기보다… 엄청난 소식입니다!"

그는 숨을 고르지도 않고 말을 쏟아냈다.

"지금 부천에서 담배 수요가 감당이 안 됩니다! 사람들이 계속 몰려오고 있고, 심지어 옆 지역 인천에 큰 상회에서도 우리 담배를 가져가서 팔고 있어요!"

"인천에서도요? 그렇군요. 그래서, 이번엔 얼마나 필요합니까?"

나는 미소를 감추지 못하며 의자에 등을 기대었다.

그는 잠시 뜸을 들이더니, 마침내 터질 듯한 목소리로 말했다.

"오십만 갑!"

나는 순간 손가락을 튕겼다.
'드디어 터졌군.'
오십만 갑이면, 단순한 유행이 아니라 필수품으로 자리 잡았다는 뜻이었다.

부천은 전체가, 아니.

인천까지도 담배를 중심으로 돌아가기 시작한 것이다.

나는 침착하게 대답했다.

"장 사장님, 오십만 갑이면 꽤 큰 물량입니다. 금화 오백 냥이 드는 주문인데, 준비 가능하십니까?"

"가능합니다! 오히려 부족할까 봐 걱정이네요. 최대한 빨리 받을 수 있을까요?"

나는 잠시 생각하더니 말했다.

"좋습니다. 오늘 오후쯤 담배 오십만 갑을 들고 부천으로 직접 가겠습니다. 대규모 공급 계약을 확정해야 하니, 대면으로 이야기하는 게 낫겠군요."

장 사장은 기쁜듯 말했다.

"좋습니다! 그럼 부천에서 뵙겠습니다!"

난 도윤에게 전화를 걸어 담배 오십만 갑과 트럭을 준비해 달라고 한 뒤 부천으로 떠날 채비를 했다.

도윤도 기쁨을 금치 못하고 있었다.

그렇게 나는 부천으로 향하는 길에 트럭 행렬을 이끌었다.
서울을 출발해 부천으로 향하는 도로는 비교적 한산했지만,
트럭 열 대에 가득 실린 담배 오십만 갑의 무게가 마음을 들뜨게 했다.

부천으로 향하는 길은 예상보다 조용했다.
산길을 넘어 도시가 가까워질수록, 도로 곳곳에 늘어선 차들과 사람들로 붐볐다.
부천에 도착하자 고작 약 한 달 사이에 변한 부천이 확 느껴졌다.

"도시의 색깔이 변했군."

입구부터 도시 곳곳까지 담배 연기가 떠다니고 있었다.
상인들이 가게 앞에 모여 담배를 피우며 손님들과 담

소를 나누었고,
    길거리에서 쇼핑을 하는 사람들도 남녀노소 불문하고 담배를 물고 있었다.

    귀족들이나 피우던 기호품이 이제 여기서도 서민들의 일상이 된 것이다.

    나는 무심코 바닥을 내려다보았다.
그곳엔 우리 담배 회사의 마크가 찍힌 꽁초들이
도시 구석구석에 널브러져 있었다.

    나는 천천히 미소를 지었다.
사실 처음 담배를 무료로 나눠 주라고 지시했을 때부터,
나는 이 도시가 변할 것을 알고 있었다.

    나는 부천 중심가에 위치한 장 사장의 가게 앞에 차를 세웠다.
    뒤를 돌아보니, 따라오던 트럭들이 도로 한쪽에 일렬로 정차했다.

각 트럭에는 담배 상자가 가득 실려 있었고,
운전 기사들과 직원들은 내 신호를 기다리고 있었다.

나는 가볍게 손짓하며 신호를 보냈다.
트럭들이 하나둘씩 멈춰 서며,
기다리고 있던 장 사장의 직원들이 몰려 나왔다.
그들은 곧장 트럭으로 다가가 짐을 내리기 시작했다.

"사장님!"
가게에서 뛰어나온 장 사장이 나를 보며 반갑게 손을 흔들었다.
"이야, 이게 전부 우리 가게로 들어올 물건입니까?"

나는 피식 웃으며 고개를 끄덕였다.
"그렇습니다. 약속한 대로 오십만 갑, 모두 준비했습니다."

나는 고개를 들어 장 사장이 운영하는 동화 상회를 바라보았다.

가게 앞에는 이미 많은 사람들이 길게 줄을 서 있었다.

그들은 초조한 듯 앞사람을 밀어 가며 줄을 맞추고 있었고,
가게 점원들은 바쁘게 움직이며 손님들을 응대하고 있었다.

장사장은 흐뭇하게 웃으며 나를 돌아보았다.
"보이십니까, 사장님? 담배를 사려는 손님들이 이렇게 많습니다."
그는 줄을 가리키며 덧붙였다.

"지금 이게 하루 이틀 된 일이 아닙니다. 매일 사람들이 새벽부터 와서 줄을 섭니다. 어제도 품절됐고, 그제도. 이제는 담배 없이는 장사를 할 수가 없을 지경이라니까요!"
나는 조용히 미소를 지었다.
"좋군요. 부천도 이제 담배 없이는 돌아갈 수 없다는 말이겠네요."

장 사장은 박장대소하며 고개를 끄덕였다.
"하하하! 정확합니다. 자, 그럼 약속한 대금부터 드리죠!"

그는 직원들에게 손짓하더니, 준비된 금화 상자를 가져오게 했다.
커다란 상자 두 개가 내 앞에 놓였다.

뚜껑을 열자, 금화가 가득 담겨 있었다.
금화 오백 닢.
반짝이는 금속이 빛을 받아 반사되어 눈을 부시게 했다.

"확인해 보십시오, 사장님. 주문한 담배 오십만 갑의 대금입니다. 세어 보셔도 좋습니다만, 저희 동화 상회는 장사에서 신뢰를 가장 중요하게 생각합니다."
나는 웃으며 손을 흔들었다.

"필요 없습니다. 장 사장님께서 신뢰를 중시하신다면, 저도 그걸 존중해야죠."

그는 만족스러운 표정을 지으며 말했다.
"하하, 역시 시온 사장님. 대범하십니다!"

나는 고개를 끄덕이며 트럭 기사들에게 지시했다.
"자, 짐을 내려라. 오십만 갑 전부 동화 상회 창고로 옮긴다!"

기사들과 직원들이 일제히 움직이기 시작했다.
트럭의 문이 열리고, 담배가 담긴 상자들이 차례차례 내려졌다.
점원들은 땀을 흘리며 연신 창고로 짐을 옮겼다.
가게 앞에 줄 서 있던 손님들도 그 모습을 보며 웅성거렸다.
나는 가게 앞에서 이 광경을 지켜보며 천천히 숨을 내쉬었다.

그때, 장 사장이 나를 힐끗 보며 의미심장한 목소리로 말했다.
"그런데, 사장님. 말씀드렸다시피 인천에서도 저희한

테 담배를 유통받고 있습니다."

나는 가볍게 고개를 끄덕이며 대답했다.
"네, 알아서 파셔도 됩니다. 그 지역 유통까지 장 사장님이 직접 지휘하시는 게 좋겠군요."

장 사장은 내 말을 듣고 흡족한 표정을 지었다.
"네, 감사합니다. 또 인천뿐만 아니라 주변 지역에서도 문의가 들어오고 있습니다."
나는 미소를 지으며 고개를 끄덕였다.

"인천뿐만 아니라, 담배를 원하는 곳이 있다면 어디든 공급하십시오. 우리 목표는 단순히 많이 파는 것이 아닙니다. 모든 사람들이 우리 담배를 피우는 세상을 만드는 겁니다."

장 사장은 내 말을 곱씹으며 감탄하듯 고개를 끄덕였다.
"역시, 사장님은 스케일이 다르십니다. 알겠습니다."

나는 가게를 나서며 줄을 한 번 더 바라보았다.

'아까보다 줄이 더 길어진 것 같군.'

손님들은 하나같이 담배를 사기 위해 인내심을 가지고 기다리고 있었다.
일부는 서로 대화를 나누며, 일부는 미리 산 담배를 피우며 시간을 보내고 있었다.
그만큼 담배가 이제 일상이 되어 가고 있다는 증거였다.

'온 김에 부천 구경 좀 할까.'
나는 천천히 거리로 발걸음을 옮겼다.
부천의 풍경이 어느새 익숙해진 느낌이었다.

거리 곳곳에서 담배 연기가 피어오르고 있었고,
사람들은 자연스럽게 그것을 즐기고 있었다.

그리고 나는 하연 상회 앞을 지나쳤다.
그 순간, 분위기가 확연히 달랐다.

사람들로 붐비던 동화 상회와 달리, 하연 상회의 앞은 썰렁했다.
문 앞에서 바람만이 쓸쓸히 불고 있었고,
손님이라곤 거의 보이지 않았다.

가게 안은 한산했고, 직원들도 손님을 맞이할 준비보다는,
그저 무료한 표정으로 먼지를 닦고 있었다.

나는 문득, 하연이 어떻게 지내고 있을지 궁금해졌다.
그녀는 이 변화를 알고 있을까?
아니, 모르고 있을 리가 없었다.

나는 걸음을 멈추고, 한동안 하연 상회의 문을 바라보았다.
문득 안쪽에서 익숙한 모습이 보였다.

하연이었다.

그녀는 창 너머로 거리를 바라보고 있었다.
왠지 그녀는 오늘따라 더욱 아름다워 보였다.

하지만 그녀의 시선 끝엔…
줄을 서서 담배를 사려는 사람들의 행렬이 있었다.

나는 천천히 미소를 지으며 하연 상회의 문을 향해 걸어갔다.
그녀는 여전히 창밖을 바라보고 있었다.

문을 열고 들어서자 맑은 종소리가 울렸지만,
직원들은 별다른 반응을 보이지 않았다.
손님이 거의 없으니 굳이 신경을 쓰지 않는 듯했다.

나는 카운터 앞에 선 하연을 향해 걸어갔다.
그녀는 내가 다가오는 것을 느끼고 천천히 시선을 돌렸다.
"오랜만이군요, 하연 씨."
나는 가볍게 인사를 건넸다.

하연은 나를 보고도 별다른 감정을 드러내지 않았다.
"여기까지 무슨 일로 오셨습니까?"

나는 카운터에 팔꿈치를 올리고 가볍게 기대며 말했다.
"그냥 들러 봤습니다. 부천이 많이 변했더군요."

그녀는 표정을 찡그리며 대답을 무시했다.
"보시다시피, 이제 담배가 부천의 일부가 되었습니다. 사람들은 줄을 서서 기다리고 있고, 길거리에서 담배 연기가 끊이지 않죠."

나는 그녀의 눈을 바라보며 말을 이었다.
"이제 인정하시죠? 담배는 단순한 유행이 아닙니다. 이건 흐름이고, 변화입니다."
하연은 내 말을 듣고도 흔들리지 않았다.

잠시 후 그녀는 담담한 표정으로 대답했다.
"그래서, 제 가게에도 담배를 들여 놓으라는 말씀이시군요?"

나는 천천히 고개를 끄덕였다.

"이제 거부할 이유가 없을 겁니다. 손님들도 원하고 있고요. 다시 저희와 계약하여 팔아 보는 게 어떻습니까?"

나는 그녀에게 손을 내밀며 말했다.

"기회는 언제까지나 주어지는 것이 아닙니다. 지금이라도 늦지 않았어요."

그러나 하연은 미소조차 짓지 않았다.

그녀는 조용히 나를 바라보다가 단호하게 고개를 저었다.

"죄송합니다. 저희 가게는 끝까지 담배를 취급하지 않을 것입니다."

나는 피식 웃으며 그녀를 바라보았다.

"끝까지 고집을 부리시겠다는 겁니까?"

하연은 여전히 단호한 표정을 유지한 채 고개를 끄덕였다.

"네. 말씀드렸듯이, 저희 가게는 담배를 취급하지 않을 것입니다."

나는 천천히 한숨을 내쉬며 다시 한 걸음 다가섰다.
"판매해 보세요. 단 한 번만이라도. 담배를 먼저 제공해 드리고 돈은 후불로 받을게요. 만약 정말 손님들이 원하지 않는다면, 그때 가서 결정해도 늦지 않을 겁니다."

그러나 하연은 미동도 하지 않았다.
그녀는 나를 똑바로 바라보며 단호하게 말했다.
"아닙니다. 저는 담배를 팔지 않겠습니다. 처음부터 말씀드렸던 대로, 저희 가게는 담배를 들이지 않을 겁니다."

나는 그녀를 빤히 바라보았다.
'이 정도까지 말했는데도 거절한다고?'

어느 정도 예상은 했지만, 이렇게까지 완강하게 나오리라곤 생각하지 못했다.
"이유가 뭔지 여쭤봐도 될까요?"

하연은 내 말을 듣고 눈살을 살짝 찌푸렸다.
"시온 사장님, 저한테 왜 이렇게까지 하시는 겁니까?"
그녀는 한숨을 내쉬며 내 시선을 피하지 않고 정면으로 바라봤다.

"저는 처음부터 단호하게 거절했습니다. 그런데도 계속 찾아오시고, 설득하려 하시고… 솔직히 이해가 안 가네요."

그녀의 목소리는 지쳐 보였고,
나를 대하는 태도는 점점 귀찮아하는 기색이 역력했다.

"굳이 저한테 이러실 필요가 있나요? 이미 담배는 잘 팔리고 있고, 다른 상인들도 다 원하고 있잖아요."

그녀는 팔짱을 끼고 나를 바라보았다.
"왜 저까지 끌어들이려고 하시는 거죠?"

나는 순간 말문이 막혔다.

"그건…"

뭐라고 대답해야 하지?

내가 지금 왜 이러는 거지?

나는 단순히 사업을 위해 그녀를 설득하려고 했던 거 아닌가?

그런데 왜 이렇게까지 집착하고 있는 거지?

나는 고개를 살짝 돌리며 눈을 감았다.

'그러게, 나 왜 이러지…?'

분명 처음에는 사업적인 이유였다.

하지만 지금은…

이상했다.

머릿속이 복잡해졌다.

나는 다시 그녀를 바라보았다.

하연은 여전히 나를 귀찮다는 듯한 표정으로 바라보고 있었다.

그런데도 그녀의 눈빛에서조차 눈을 뗄 수가 없었다.

'…나, 진짜 이 사람 좋아하나?'

갑자기 심장이 이상하게 두근거렸다.
어쩌면 처음부터, 나는 사업이 아니라 다른 이유로 그녀를 설득하려 했던 건지도 모른다.

나는 그녀를 바라보다가, 천천히 말을 꺼냈다.
"알겠습니다."
하연이 의아한 표정으로 나를 쳐다봤다.
"네?"
나는 한 발짝 물러서며 담담하게 말했다.
"그냥, 알겠다고요. 더 이상 강요하지 않겠습니다."

그녀는 예상 밖의 반응에 잠시 말을 잇지 못했다.
그러나 이내 안도의 한숨을 내쉬며 고개를 끄덕였다.
"잘 생각하셨습니다."

나는 짧게 웃고는 뒤돌아 문 쪽으로 향했다.

가게 문을 열고 바깥으로 나오자, 차가운 공기가 폐로 스며들었다.

"하아…"

나는 길가에 멈춰 서서 천천히 숨을 내쉬었다.

'나, 진짜 왜 이러지?'

나는 내 행동이 낯설었다.

원래대로라면, 거절당하면 단순히 다른 방법을 찾아야 했다.

하지만 하연만큼은…

그 순간, 익숙한 속삭임이 귓가를 스쳤다.

"후후… 내가 맡지."

계약의 파기 (6)

나는 몸을 움찔하며 순간적으로 주변을 둘러봤다.
하지만 당연히 아무도 없었다.
그렇다.
이건 벨라시오였다.
그의 목소리는 차갑고도 부드러웠다.

나는 입술을 꾹 다물었다.
이 불길한 감각, 절대 착각이 아니었다.

벨라시오가 의식에 들어오기 시작했다.
그가 원하는 게 뭔지는 이미 알고 있었다.
그는 언제나 타락을 즐긴다.
그는 언제나 사람을 망가뜨리는 걸 좋아한다.

그리고, 지금.
그의 관심은 하연이었다.

나는 몸을 굳힌 채, 숨을 길게 내쉬었다.
'…안 돼.'

나는 그녀를 설득하려 했을 뿐이다.
하지만 그녀를 타락시키고 싶었던 적은 없었다.

그녀는 그저 내게 관심이 가는 사람이었을 뿐이다.
귀찮을 정도로 고집이 강한,
하지만 동시에 묘하게 신경이 쓰이는 여자.

그런데… 벨라시오가 개입하면 이야기가 달라진다.
그가 원하는 건 단순한 설득이 아니다.
그는 사람을 타락시킨다.
그의 방식은 언제나 교묘하고, 사람의 가장 깊은 욕망을 건드린다.

나는 벨라시오의 존재를 뚜렷이 느끼며, 조용히 중얼거렸다.

"그녀를 건드리지 않았으면 좋겠어."

마치 내 말이 끝나기를 기다렸다는 듯,

벨라시오의 비릿한 웃음이 귓가를 간질였다.

"흥, 사랑이라도 하게 된 건가?"

나는 짜증스럽게 이를 악물었다.

"그런 것 같아. 아무튼… 그녀를 타락시키고 싶지 않아."

벨라시오는 순간 아무 말 없이 조용했다.

그의 기분을 읽을 수 없었다.

그러나 곧, 그는 낮고 깊은 목소리로 천천히 말했다.

"착각하지 마. 네가 원하는 게 뭐든, 그건 중요하지 않아. 넌 '계약'을 맺었어. 타락자를 늘려야 해. 누구든 상관없이, 최선을 다해 계약자를 만들어야 해."

그의 목소리는 단단하고 확고했다.

내가 무슨 감정을 가지든,
그가 보기에 그것은 단순한 변덕일 뿐이었다.

나는 이를 악물고 속삭였다.
"다른 사람을 타락시키면 되잖아. 굳이 그녀가 아니어도…"

그러나 벨라시오는 내 말을 단칼에 잘랐다.
"문제는 네가 계약을 거부하는 태도야. 계약을 이행하지 않겠다는 건가?"

나는 숨을 헛쉰 채 말을 잇지 못했다.
그러자 그는 날카롭게 비웃었다.
"원래라면 네 영혼은 내게 찢겨 죽을 것이었어."
그의 목소리는 마치 내 머릿속 깊은 곳에서 울려 퍼졌다.
차갑고도 기름진 그 말투가 숨 쉴 틈 없이 내 의식 속을 헤집었다.

"너는 이미 죽었어야 해. 내가 너를 살려 주고, 기회를 준 거다."

그의 웃음이 다시 번졌다.

"너가 계약을 이행하지 않는다면 목숨을 잃게 될 거야. 그게 계약의 대가니까."

나는 주먹을 꽉 쥐었다.
이제야 확실히 깨달았다.
벨라시오와의 계약은 단순한 장난이 아니었다.

"젠장…"
나는 속으로 중얼거렸다.
계약의 파기란 불가능한 것이었다.

"일단… 오늘은 여기까지 하자."
나는 길거리에 멈춰 서서, 희미한 담배 연기가 감도는 부천의 밤거리를 멍하니 바라보았다.

-계약의 파기 〈끝〉-

계약 변경 (1)

 난 집에 돌아와 침대 모퉁이에 기대어 담배 한 개비를 꺼내 입에 물었다.
 손이 약간 떨리고 있었다.

 불을 붙이려던 순간, 귓가에 다시 벨라시오의 비릿한 목소리가 스며들었다.

 "너무 한숨 쉬지 마라, 시온. 아직 끝난 게 아니잖아?"

 나는 담배를 깊게 빨아들였다.
 입안에 퍼지는 익숙한 연기.
 하지만 그보다 더 깊숙한 곳에서,
 묵직한 절망감이 퍼지고 있었다.

"그냥… 난 가난해도 돼. 아무것도 없어도 괜찮아. 제발, 하연만 건드리지 마."

벨라시오는 비웃듯 낮게 웃었다.

"너, 가난을 모르는군. 넌 지금 부와 권력을 가진 자야. 그걸 쉽게 내려놓겠다고?"

나는 이를 악물었다.

"그래, 내려놓겠어. 돈도, 사업도, 지위도 다 버릴 수 있어. 그냥… 그녀만 내버려 둬."

벨라시오는 조용히 웃음을 흘렸.
그리고 나지막하게 말했다.

"인간이란 참… 재밌군. 너가 돈과 명예만 원하던 시온이 맞나…?"

나는 담배를 힘껏 털어 내고, 허공을 향해 손을 뻗으며 외쳤다.

"그리고 20년은 너무 길어. 줄여 줘. 20년 후면 난 할아버지야.

그땐 돈을 쓸 곳도, 사랑도 할 수 없잖아!"

"이미 너가 원하는 건 다 가진 것 아닌가?"
"정확히 말하면 돈과 명예로 누릴 수 있는 행복을 원한 거지. 난 그저 결과물을 원한 게 아니잖아."
그가 희미하게 비웃으며 말했다.
"그렇군. 아무튼 계약 내용은 바꿀 수 없어. 더 많은 타락자가 필요해."

나는 머리를 감싸 쥐고 비명을 삼켰다.
"담배 사업으로도 충분하잖아! 이미 그리고 앞으로 직간접적으로 많은 인간을 타락시키는 구조를 만들었잖아! 귀족부터 서민까지, 남녀노소 가리지 않고 다 피우고 있잖아! 난 내 몫을 다 했다고!"

나는 침착하며 말을 이었다.
"담배를 사려고 얼마나 많은 사람이 돈을 갈취하고, 갈망하고 그 안에서 또 얼마나 많은 원망과 복수가 생기는지 너도 알잖아. 그게 다 사람들을 타락시키기 위함이라고! 난 최선을 다했어."

벨라시오의 침묵이 길어졌다.
나는 조용히 입술을 깨물었다.

그는 한동안 아무런 말도 하지 않다가,
갑자기 나지막이 웃기 시작했다.

그 웃음은 점점 커지더니, 결국 비릿한 조소로 변했다.
"하하하하하! 인간이란 정말이지 재미있는 생명체야. 말 한번 잘 하는군. 그것도 다 나의 지능에서 나온 거겠지만… 크크…"

나는 그의 반응이 불안해졌다.
벨라시오가 이렇게 웃을 때는 언제나 무언가 뒤가 있었다.
"좋아. 네가 그렇게 간절히 원한다면, 계약 기간을 줄여 주지."

나는 순간 숨을 삼켰다.
"…정말?"

"그래."
벨라시오의 목소리는 변함없이 차가웠다.

"20년은 너무 길다고 했지? 그럼 5년으로 줄여 주마. 3년 했으니 2년만 더 하면 돼."

계약 변경 (2)

 벨라시오의 말이 끝나자마자, 내 가슴에서 거대한 짐이 내려앉는 듯했다.

 5년…
20년이 아니라 남은 2년이라면, 그나마 희망이 있었다.

 나는 안도의 숨을 내쉬려 했다.
그러나 벨라시오는 곧바로 다음 말을 덧붙였다.
"하지만 조건이 있다."

 몸이 굳었다.
역시, 이 자식이 순순히 조건을 줄 리가 없었다.

"지금까지 3년을 했지? 그럼 남은 2년 동안은 내 이름을 받드는 '종교'를 만들어라."

"…뭐?"
나는 순간 이해하지 못했다.

벨라시오는 한층 더 부드럽게 속삭였다.
"네가 직접 나를 신으로 모시는 종교를 만들어라. 최선을 다해 내 이름을 퍼뜨려서 가능한 한 많은 사람들을 타락시켜라. 그게 네게 주어진 마지막 과제다."

나는 믿기지 않는다는 듯 황당한 웃음을 터뜨렸다.
"…하, 미쳤군. 종교라고?"

"그래. 네가 가져온 담배처럼, 이제 내 존재를 사람들에게 새롭게 심어라. 그들이 나를 믿게 만들어라. 모든 인간에게 타락이란 것이 '옳은 것'으로 바꿔라."

나는 황당한 얼굴로 벨라시오의 말을 곱씹었다.

"타락을… 옳은 것으로 바꾸라고?"

"그래."
벨라시오는 천천히 속삭였다.

"너희 인간들은 늘 '선'과 '악'을 나누고, 도덕이라는 가면을 씌우지.
 하지만 결국 인간은 본능에 충실한 존재야. 복수하고, 원망하고, 쾌락을 탐하고, 욕망을 쫓는 것. 오히려 그게 진정한 자유 아니겠나?"

나는 그의 말을 듣고 눈을 질끈 감았다.
"그래서… 담배를 퍼뜨린 것처럼, 이제 이 사상을 퍼뜨리라는 거냐?"

벨라시오의 웃음이 더욱 깊어졌다.
"이제야 이해했군."

"어떻게 만들라는 거지?"

나는 애써 담담한 척 물었다.

하지만 이미 벨라시오의 의도는 뻔했다.
그는 교묘하게, 조금씩 나를 밀어붙이고 있었다.
"간단하지."

벨라시오는 나지막한 목소리로 말했다.
"기존의 종교는 '절제'를 강조하지. 하지만 네가 만들 종교는 정반대여야 한다."

"정확히 무슨 말이야?"

"자연스럽고 본능적인 것을, 인간이 가장 원하는 욕망을, '옳은 것'으로 만들면 돼."
나는 묵묵히 그의 말을 들었다.

"복수하는 것. 원망하는 것. 자신의 감정을 숨기지 않고 분출하는 것. 쾌락을 즐기는 것. 술을 마시는 것. 담배를 피우는 것. 고기를 먹는 것. 동물을 죽이는 것 등등

이 모든 것을 '자연의 섭리'라 가르쳐라."

나는 미간을 찌푸렸다.
"너무 노골적인 거 아닌가?"

"정확히 말하면 인생을 본능적으로 즐기고 살라는 의도로 알리면 돼. 거창한 신화 따윈 필요 없어. 인간이 원하는 것을 그대로 주면 돼."

"…가능할까?"

"당연하지. 네가 만든 담배처럼, 이 종교도 사람들을 중독시킬 수 있을 테니까."

그가 말을 이었다.
"종교 안에서 나를 아버지, 신이라 칭하고 죄는 씻는 게 아니라 '받아들이는 것'이라고 하면 된다."
나는 눈을 질끈 감았다.
이제는 명확했다.

이건 단순한 장난이 아니다.

벨라시오는, 내게 인간 사회 전체를 바꾸라고 요구하고 있었다.

그리고 나는…
그걸 받아들일 수밖에 없었다.

그렇게 나는 그 녀석을 '신'으로 만들기로 했다.

계약의 변경 (3)

다음 날, 나는 곧장 다시 부천으로 향했다.
이번에는 사업도, 담배도 아닌 전혀 다른 이유로.
차에서 내리며 손에 든 꽃다발을 한번 내려다보았다.
여태껏 꽃을 사 본 적이 있었던가?
기억나지 않았다.

'이런 적은 정말 처음이군.'

하지만 오늘만큼은 그 어떤 계약이나 거래보다도 중요했다.
나는 곧장 하연 상회를 향해 걸어갔다.

가게 문을 열자 익숙한 종소리가 울렸다.

직원들이 나를 보고 잠시 놀란 듯했지만,
곧 시선을 돌렸다.
나는 가게 안을 둘러보며 하연을 찾았다.

그리고, 그녀는 역시나 카운터 안쪽에 서 있었다.
여전히 단아한 모습.
어제보다 더 강해 보이는 눈빛.
나는 천천히 다가가 그녀에게 꽃다발을 내밀었다.

"이건…?"
하연이 당황한 듯 꽃을 내려다보았다.
나는 진지한 목소리로 말했다.

"하연 씨, 난 사실 처음 본 순간부터 당신에게 반했습니다."
그녀는 순간 말을 잃고 나를 바라보았다.

나는 계속해서 덧붙였다.
"사랑해 볼 생각 없습니까? 내가 정말 잘할 겁니다. 무엇이든 해 줄 수 있어요. 원하는 게 있다면, 다 이뤄 주겠습니다."

하연은 여전히 꽃을 바라보며 아무 말도 하지 않았다.
나는 한 걸음 더 다가가, 그녀의 눈을 바라보았다.
"저도 이런 적은 처음입니다. 바로 대답하지 않아도 됩니다. 하지만 최소한 밥 한 끼는 함께하고 결정해 주세요."

그녀는 마치 어떻게 반응해야 할지 몰라 당황한 모양이었다.

나는 일부러 미소를 지으며 말했다.
"밥 한 끼 먹고, 그다음에 거절해도 됩니다. 그렇게 해 줄 수 있겠어요?"

'…'

말은 대수롭지 않게 했지만,
내 안에서는 생각보다 훨씬 요란한 소리가 났다.

내 얼굴은 미소 짓고 있지만 심장은 쉴 새 없이 두근거렸고,

손끝과 등줄기에는 가느다란 전기가 흐르는 듯 저릿했다.

하연의 대답에 따라 모든 게 무너질 수도, 시작될 수도 있다는 걸

나는 알고 있었다.

한참을 침묵하던 하연은 마침내 한숨을 쉬며 입을 열었다.

"…언제요?"

나는 미소를 지었다.

"당신이 원하는 날로 하죠."

그렇게, 그녀와의 첫 약속이 정해졌다.

-계약의 변경 〈끝〉-
-악마 벨라시오 1 〈끝〉-

악마 벨라시오 1

ⓒ 김세진, 2025

초판 1쇄 발행 2025년 5월 30일

지은이	김세진
펴낸이	이기봉
편집	좋은땅 편집팀
펴낸곳	도서출판 좋은땅
주소	서울특별시 마포구 양화로12길 26 지월드빌딩 (서교동 395-7)
전화	02)374-8616~7
팩스	02)374-8614
이메일	gworldbook@naver.com
홈페이지	www.g-world.co.kr

ISBN 979-11-388-4319-5 (03810)

- 가격은 뒤표지에 있습니다.
- 이 책은 저작권법에 의하여 보호를 받는 저작물이므로 무단 전재와 복제를 금합니다.
- 파본은 구입하신 서점에서 교환해 드립니다.